죽음에 관한

유쾌한 명상

죽음에 관한 유쾌한 명상

1판 1쇄 발행 | 2015년 11월 16일

지은이 | 김영현
펴낸이 | 김경배
펴낸곳 | 시간여행
편 집 | 이진의·정지은
본문 디자인 | 서진원

등 록 | 제313-210-125호(2010년 4월 28일)
주 소 | 서울시 마포구 양화로 6길 9-24 (서교동 동우빌딩 3층)
전 화 | 070-4032-3664
이메일 | sigan_pub@naver.com

종 이 | 엔페이퍼
인 쇄 | 천광인쇄

ISBN 979-11-85346-20-5 (03810)

이 도서의 국립중앙도서관 출판사 도서목록(CIP)은 서지정보유통지원시스템 홈페이지(http://seoji.nl.go.kr)와 국가자료 공동목록시스템(http://www.nl.go.kr/kolisnet)에서 이용하실 수 있습니다. (CIP 제어번호 : CIP2015029028)

* 이 도서는 국제친환경 인증을 받은 천연펄프지(Norbrite 95#)로 제작되었습니다.

죽음에 관한

유쾌한 명상

김영현
지음

시간여행

들어가는 말

아참, 이러는 우리도 언젠가 죽을 테지

언젠가 소설가 박완서 선생이랑 중국으로 여행을 갔을 때다. 운 나쁘게 무척 곤란하고 속상한 사고가 생겼다. 한참 동안 고생하다가 겨우 일이 수습되어 다시 여행을 계속할 수 있었는데, 그때 기차 안에서 선생님이 가만히 내 쪽을 돌아보시며 말했다.

"이런 일이 벌어질 때마다 생각나는 게 있어요. 아참, 이러는 우리도 언젠가 죽을 테지, 하는 생각이요."

그러면서 소녀처럼 환하게 웃으셨다.

전쟁 때 하나뿐인 오빠를 잃고 늘그막엔 다정한 남편과 사랑하는 외아들을 연이어 앞세운 선생님은 죽음에 대해 누구보다 더 많은 생각을 가지고 계실 분이었다. 오죽하면 뜻하지 않게 아들을 잃고 나서 식음을 전폐한 채 수녀원에서 삶과 죽음에 대한 화두를 안고 극한 고행의 시간을 보내셨을까.

나는 아직도 그이가 왜 그때 그런 말씀을 하셨는지는 잘 모르겠다. 하지만 그 환한 미소만큼은 오래도록 내 기억에 남아있다. 그이가 그 말을 하실 적엔 뜻밖에 무척이나 행복하게 보였다. 마치 가벼운 농담이라도 하는 사람 같았다. 그리고 그 말 속에는 무슨 새로운 진리 같은 것이라도 감추어져 있을 것 같은 느낌도 들었다.

'언젠가 죽을' 거라는 말씀대로 선생님이 돌아가신 지도 벌써 몇 해가 흘러갔다. 돌이켜보면 참 재주 많고 따뜻한 분이셨다.

나중에 나도 차츰 나이가 들면서, 좀 더 정확하게 말하자면 조금씩 늙어가면서, 그 말씀에 담긴 것이 어쩌면 죽음이란 것이 가져다주는 '생의 위안' 같은 것이 아닐까 하는 생각이 들었다.

죽음이 가져다주는 생의 위안. 그것은 분명히 도피나 자살 같이 비참한 마감이 아닌 무엇일 것이다. 그것은 우리의 출생과 더불어 시작된 기나긴 숙제의 끝, 연극의 막이 내리고 무대에서 내려온 배우의 홀가분함 같은 것을 뜻하는 게 아닐까.

아니면 선생님은 그때 내게 허둥거리고 집착하며 사는 것의 덧없음을 말해주고 싶었는지도 모른다. 그리고 죽음의 불가피성과 그 후의 자유로움을 말해주고 싶었는지도 모른다.

솔제니친의 소설《암병동》에는 주인공 에프렘이 양지쪽에 웅크리고 앉아 해바라기를 하고 있는 노인들을 바라보며 생각하는 장면이 나온다.

그들 러시아인이나 타타르 인이나 우드무르트 인들은 모두 한결같이 거드름을 피우거나 버티거나 하지 않고 조용히 죽음을 맞아들였다. 죽을 때가 되면 여러 가지 청산해야 할 일들을 미루지 않고 차분히 준비하였으며, 이미 자란 말은 누구에게 물려주고 망아지는 누구의 몫인지 정해 놓았다. 그리고 그들은 그저 통나무 바꾸듯이 그렇게 쉽사리 자신을 위안하며 죽어가고 있었다.

《죽음의 역사》를 쓴 필리프 아리에스는 이 장면을 언급하면서 이렇게 말했다.

인간은 수천 년 동안 그렇게 죽었다. 죽음은 가족적이고 동시에 친숙하고 무관심하게 여겨지기까지 하였다. 이것은 감히 죽음이나 죽은 자의 이름을 말하지 않을 정도로 공포화된 오늘날의 죽음과는 다르다. 예전의 죽음은 결코 원시적인 것이 아니었다. 오히려 오늘날에 이르러 죽음은 원시적인 것이 되었다.

죽음이 원시적이 되었다는 말이 무슨 뜻일까. 야만적인, 공포스런 어떤 것, 어둡고 피하고 싶고, 두려워해야 할 어떤 것으로 변했다는 그런 뜻이 아닐까.

하긴 예전이라 하여 목가적이고 평화로운 죽음만 있지는 않았을 것이다. 인간의 역사 속에 더할 수 없이 잔인하고 끔찍한 죽음이 얼마나 많이 벌어졌던가. 그럼에도 불구하고 전통 사회, 특히 대가족 사회에서 죽음은 자연스러운 하나의 과정이었고 누구나 때가 다하면 죽게 된다는 사실을 편안하게 받아들였다. 당시 사람들에게 자신의 죽음은 자기 개인의 사건이 아니라 공동체 전체에서 일어나는 사건이었다. 개인의 죽음 후에도 자녀와 후손의 삶을 통해 공동체는 영속되었고, 사람들은 이런 집단적 삶을 통해 노인의 죽음과 어린아이의 탄생이 언제나 불가분하게 연결되어 있다는 것을 인식하고 있었다. 그것은 의식적인 인식이라기보다는 거의 무의식에 가까운 것이었다.

소설가 안수길의 《북간도》는 일제강점기 두만강 유역에 살았던 우리 유민들의 고달픈 삶과 항일 독립운동을 다룬 보기 드문 작품인데, 당시의 함경도 사투리가 그대로 살아있어 생활감을 생생히 전달해준다.

그 속에 주인공의 할머니가 임종하는 장면이 나온다. 변방 강가의 외딴 집. 어두컴컴한 밤중. 감자 캐러 월강을 한 아들을 기다리는 할머니와 며느리…….

> 그날 밤엔 감자 때와는 달라 개가 짖지 않았다. 그러나 한 씨의 귀에는 개 짖는 소리가 들리는 모양이었다.
>
> "저 개지새끼가 어찌 저리 짖슴?"
>
> 며느리 뒷방에가 대답했다.
>
> "어마임, 개가 짖쟀소꼬망."

"아아, 애비 상기 오재났음?"

"어지는 올 때가 됐소꼬망."

"끌끌……."

그리고는 며느리에게 손을 잡힌 채 솥에 안친 밥이 잦아들듯 숨을 거둔 한 씨…….

"어마임 좋은 곳으로 갑소. 극락세계로 갑소. 불 켜 논 세상으로 갑소."

경건히 축원하고 다시 슬프게 울던 어머니 뒷방에.

한 인간이 죽음을 맞는 순간치고는 너무나 간략하고 평범하기 짝이 없다. '안친 밥이 잦아들듯' 그렇게 숨을 거둔 할머니. 죽음 직전에서 고작 한다는 말씀이 환청처럼 들리는 '개지새끼' 짖는 소리이고, 강 건너 감자 캐러 갔다가 아직 돌아오지 않은 아들 생각하며 끌끌 혀 차는 소리뿐이다.

이 적막하고 쓸쓸한 풍경은, 그러나 그 어느 죽음보다도 경건하여 숙연한 마음까지 불러일으킨다. 오래전 학창시절에 읽은 책이지만 그 장면은 이상하게 쓸쓸한 그림자처럼 오랫동안 나의 뇌리에 남아 있었다.

이에 비하면 오늘날의 죽음은 얼마나 소란스러운가. 더 오래 살아야겠다는 욕망은 죽음에 대한 두려움을 불러일으키고, 죽음에 대한 두려움은 또다시 더 오래 살아야겠다는 욕망을 부채질한다. '잘 먹고 잘 살기'는 더불어 잘 먹고 잘 사는 것이 아니라 나만 더 오래 살고 나만 더 잘 살고 싶은 탐욕으로 변질된다. 건강식품, 웰빙 프로그램이 넘쳐날수록 죽음에 대한 공포는 더 늘어 대형 병원은 늘 만원을 이루며 성업 중이다. 줄기세포 연구는 진시황이나 파라오 때부터 인간의 오랜 꿈이었던 불멸의 삶을 곧 보장해줄 것처럼 선전하고 있다. 그뿐인가. 세상에 죽음이 넘치는 만큼 교회도 넘치고, 영생의 약속은 부도수표처럼 남발된다.

삶에 대한 이러한 집착은 일면 생명 연장의 꿈을 실현해주었다. 오늘날 우리의 삶은 그 어느 때보다 풍족해졌으며 평균 수명 역시 그 어느 시대보다 길어졌다.

하지만 지금 우리는 행복한가. 고요하고 행복한 죽음을 맞이할 준비가 되어 있는가.

아니다. 많은 사람들이 비참한 노년(이 속에는 물질적인 면과 정신적인 면이 다 들어간다)을 보내고 있고, 감옥이나 다름없는 요양원이나 병원에서 소외되고 불행한 죽음을 맞이하고 있다. 외롭고 억울한 죽음들은 또 얼마나 많은가! 가난하지만 어진 며느리에게 손을 잡힌 채 아들을 기다리며 죽은 한 씨 할머니의 죽음보다 훨씬 더 비참하고 보잘것없는 죽음이 미래의 우리를 기다리고 있는지 모른다.

아무도 죽음을 피할 수 없다. 이 지상에 살아있는 모든 존재들은 태어나는 순간부터 죽음을 향해 행진할 수밖에 없는 운명을 가졌다. 이런 글을 쓰고 있는 나도, 이 글을 읽고 있는 독자들도, 박완서 선생의 말씀처럼 언젠가는 죽을 것이다. 그러나 누구도 두려움 속에서 죽음을 맞고 싶지는 않을 것이다. 가능하다면 그 순간이 생의 따뜻한 위로처럼 다가오기를 바랄 것이다. 삶이라는 하나의 여행을 끝내고 또 다른 여행을 떠나는 사람. 그게 우리가 꿈꾸는 웰 다잉이다.

그러면 얼마나 좋겠는가.

차 례

셋째 마당

덧없어라, 생이여!

넷째 마당

잘 살아야 잘 죽는다

다섯째 마당

생의 위안

삶이 즐겁다면 죽음 역시 그러해야 한다.
왜냐하면 그것은 같은 주인의 손에서 나온 것이기 때문이다.

- 미켈란젤로

첫 째 마 당

죽음과의 만남

삶이 따분한가? 그러면 죽음을 생각해보라.

아직 우리는 공기와 양식을 얻어 들이는 인간에 지나지 않는다. 그렇다고 서두를 필요는 없다.

시간이 되면 — 그리고 충분히 잦은 속도로 다가가지 않으면 안 된다. 인생은 짧고 세상엔 볼거리들이 넘쳐났다.

— 블레 신부

죽음,
존재와 무 사이에 놓인 심연

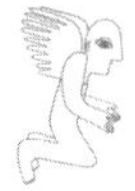

인생이란 한 편의 연극과 같다. 그리고 그 연극의 결말은 누구에게나 똑같다. 우리는 그 결말을 이미 너무나 잘 알고 있다.

죽음. 그렇다. 그것보다 더 명명백백한 결말이 어디 있을까? 그것보다 더 확실하고, 분명한 진리가 또 어디 있을까?

물론 연출가에 따라 죽음의 형태는 다양할 수 있다. 총에 맞아서 죽는 경우도 있고, 불의의 사고로 죽는 경우도 있고, 때에 따라서는 영화 〈러브 스토리〉처럼 젊은 연인을 두고 불치의 병에 걸려 죽는 경우도 허다하다. 늙어서 자연사하는 사람도 있고, 젊어서 죽는 사람도 있다. 아무 날짜 아무 신문이나 펼치기만 하면 매일매일 다양한 죽음들, 이를테면 교통사고나 화재, 자살, 늙어서, 젊어서, 사고로, 자연사로, 그럭저럭 후회 없이 살다가, 혹은 느닷없이, 혹은 조용히, 혹은 시끄럽게, 이렇게 저렇게 맞이한 죽음에 관한 기사를 수도 없이 볼 수 있다. 그런가 하면 대형 병원에 가면 신생아 병동의 출생의 울음소리와 더불어 이 세상을 떠나간 자들을 위한 장례식장의 울음소리 역시 하루도 빼지 않고 들을 수 있다.

신과 인간의 가장 큰 차이점은 신은 결코 죽지 않지만 인간은 반드시 죽을 수밖에 없다는 것이다. 그리스 신화에서 인류에게 불을 전해주었던 프로메테우스는 그 벌로 바위에 묶여 매일 독수리에 심장이 찢겨 먹히는 고통을 당하지만 결코 죽지는 않는다. 하지만 인간은 누구나 죽게 마련이고, 그래서 흔해빠진 게 죽음이다. 죽음은 누구에게나 익숙하다.

그런데 나의 죽음도 그러할까?

아니다. 나에 관한 한 문제는 달라진다. 우리는 의식적이건, 무의식적이건 살아있는 동안 자신의 불멸성을 헛되이 믿는다. 어제도 죽지 않았고, 오늘도 죽지 않았다. 그러니까 내일도 죽지 않을 것이고, 모레도 죽지 않을 것이다. 그러다 보면 영원히 죽지 않을지도 모른다. 이런 식의 헛된 믿음을 자기도 모르게 품고 사는 것이다.

그러나 죽음은 그런 헛된 믿음과 희망을 비웃기라도 하듯 누구에게나 예외 없이 찾아오는 법이다. 그리고 죽음이 찾아온 순간 우리는 까맣게 잊고 있던 빚쟁이라도 나타난 것처럼 깜짝 놀라지 않을 수가 없다. '우리들'에겐 매일매일 경험하며 익숙해진 죽음이지만, '나'에겐 처음이니까. 너무나 낯선 경험이니까.

나는 가끔 전지전능하신 창조주 되시는 분께서 왜 우리 인생의 결말을 꼭 그렇게 맞춘 듯이 짜놓아야만 했을까 하는 의문이 들 때가 있다. 죽음이 아닌 다른 형태, 이를테면 어떤 종교인들이 믿듯이 휴거라든가, 전이(轉移)라든가, 다른 별로의 이동이라든가 하는 식으로, 해피엔딩으로 느껴지는 결말을 만들어놓을 수도 있지 않았겠는가. 아니면 스위치를 내리듯 일정한 시간이 되면 누구나 똑같이, 고통 없이 생명의 불이 꺼지게 할 수도 있지 않았겠는가. 전지전능한 창조주라면…….

왜 하필이면 꼭 고통스럽고, 비참한 죽음이어야 하는가!

하지만 내가 불평을 하건 말건 우리는, 아니 목숨을 가지고 살아가는 뭇 생명체는 태어나는 순간부터 모두 죽음이라는 엔딩으로 마무리 지어질 운명을 지니고 있다. 그것은 너무나 엄중하고 피할 수 없는 운명이다.

그렇다고 치자. 처음이 있으니 끝이 있는 것처럼, 태어남이 있으니 죽음 또한 있을 수밖에 없도록, 신이라도 그 결말만큼은 어쩔 수 없도록 설계되어 있다고 치자. 이왕 그렇다면 그 죽음이란 게 그냥 재미있게, 천상병 시인의 시 한 구절처럼 소풍이나 다녀오는 것처럼 가볍고 부드럽게, 슬쩍, 고승들의 이야기에 나오는 것처럼 "나 이제 갈란다." 하고, 잠이나 자는 것처럼 고요히, 또는 전기 스위치가 내려오듯이, 그렇게 아무렇지 않게, 익숙한 놈처럼 나타났다 지나가면 얼마나 좋을까.

하지만 문제는 그렇지 않다는 데 있다.

죽음. 이놈은 '무서운' 거다!

아무리 "난 아니야." 혹은 "삶과 죽음은 하나다(生死一如)." 등등 주문을 외워보아도 죽음이 다가오는 순간, 아니 사는 동안 언제나 죽음이 문밖에 대기하고 있다는 것을 깨닫는 순간 소스라쳐 놀라지 않을 사람이 누가 있겠으며 두려움과 공포에 찬 얼굴을 짓지 않을 사람이 누가 있겠는가!

죽음이 무서운 것이 아니었다면 과연 인간의 역사라는 것이 가능했을까? 지배와 복종이 가능했을 것이며, 전쟁과 정복이 가능했을까? "너 죽을 줄 알아!"가 무슨 위협이 될 것이며, "죽이지 않을 테니 내 말 들어!"가 어디 씨알이나 먹힐까?

그래. 누구나 무섭고, 두려운 것이 바로 이 죽음이란 놈이다.

그래서 사람들은 죽음을 부정하고 외면하려 한다. 그 부정이 얼마나 강한지, 이제 곧 죽을 것이 분명한 환자들조차도 종종 죽음을 인정하지 않으려 든다. 한 목사가 환자 가족들의 요청으로 임종예배를 보러 들어갔다가 환자가 왜 왔느냐고 묻는 바람에 아무 소리도 못하고 그냥 나왔다는 이야기도 있다. 불과 두어 시간 있다가 죽을 사람인데도 말이다.

말기 암 환자였던 어떤 사람은 끝까지 자신이 죽을 거라는 사실을 받아들이지 않고 있다가 마지막이 가까워지자 그제서 의사에게 이렇게 반문을 했다고 한다.

"아니. 왜 진즉에 말해주지 않았어요? 아직 처리해야 할 일이 남아 있는데……."

이렇듯 만고에 변함없는 결말이지만 살아있는 동안 아무도 받아들이지 않는 것. 그게 죽음이다. 왜 그럴까?

이유는 간단하다. 죽음에 이르는 과정이 너무나 힘드니까.

죽음이 두려운 이유는 많겠지만 죽음에 이르기까지의, 그리고 죽음을 넘어가는 그 순간의 고통만큼 두려운 것은 없을 것이다. 비행기는 음속을 돌파하는 순간 폭발음과 함께 엄청난 충격파를 낸다. 음속을 돌파하는 것도 그러할진대 삶과 죽음의 경계를 돌파하는 것이 그리 쉬운 일이겠는가!

〈패션 오브 크라이스트(The Passion of The Christ)〉라는 영화는 예수님께서 십자가에 매달려 죽음을 맞기 전 얼마나 고통스런 과정을 겪으셨는지 적나라하게 보여준다. 호된 채찍질로 만신창이가 된 예수님은 피와 땀으로 범벅이 되고 이미 탈진한 상태로 십자가에 못 박히셨다. 말이 나왔으니 말이지 십자가의 죽음이란 그야말로 야만적인 잔혹함과 끔찍함 그 자체였다. 로마 제국의 식민 통치자들이 고안해 낸 이 형벌은 사형을 당하는 자는 물론이거니와 그것을 바라보는 모든 사람들로 하여금 공포에 싸이게 하고, 두려움에 떨게 하고, 그리하여 저항을 포기하도록 만드는 것이었다.

당시 기록에 의하면 십자가형은 식민통치의 한 수단으로써 매일 벌어지다시피 했는데 어떤 때는 십자가들이 예루살렘으로 들어가는 길 양쪽에 지금의 가로등처럼 우뚝우뚝 줄을 지어 서 있을 정도였다고 한다. 형을 받는 사람 중엔 강도나 도둑이나 파렴치범도 있었겠지만 로마군에게 침을 뱉거나 돌멩이질을 한 죄로 끌려온 노인도 있었을 것이다. 상상해보라. 길가에 늘어선 십자가와 거기에 매달린 채 고통스럽게 죽어가는 사람들, 이미 죽은 사람들의 모습을……!

예수님 역시 그날 함께 처형당한 두 명의 강도와 나란히 그곳에 계셨을 것이다. 압제자들은 흔히 위대한 민중의 지도자를 패륜적인 범죄자와 나란히 둠으로써 그가 지닌 높은 도덕성과 거룩함을 훼손하고 가치를 절하하려고 하는 법이다. 부활이라는 극적인 반전이 없었다면 예수의 죽음도 그저 비참한 죽음 중의 하나가 되어 역사의 먼지 속에 묻히고, 그의 위대한 가르침 역시 바람과 함께 사라지고 말았을지도 모른다.

그러면 80세가 넘어 거의 자연사에 가깝게 돌아가신, 깨달음을 얻었다는 석가모니 부처님의 죽음은 어떠했을까? 보통 생각하자면 부처님 정도 되면 죽음 따위는 쉽게 넘어가셨을 것 같다. 조금 깨달았다는 선사들도 고통 없이 입가에 한줄기 미소를 머금은 채, "나 갈란다." 하고 죽은 사람들이 숱하다니, 그보다 천 배 만 배는 더 훌륭하신 석가모니 부처님이야 마땅히 그냥 바람처럼 가셨을 것이라 생각하기 쉬울 것이다.

하지만 아니다. 《열반경》에 보면 석가모니 역시 보통 사람과 마찬가지로 매우 고통스럽게 돌아가셨다고 한다. 그때 석가모니는 이미 여든을 넘긴 노인이었고, 오랜 탁발 생활로 몸이 극도로 쇠약해 있던 때였다. 어쩌면 마지막 여행이 될 거라고 생각하며 고향인 카필라바스투로 가던 길이었다.

갠지스 강을 건너 고향에 가까운 바이살리 부근에 도달했을 때 이미 큰 병을 얻으셨던 것 같다. 바이살리를 떠난 석가모니는 괴로운 여행 끝에 파바 마을에 도착했는데, 그곳에서 춘다라는 대장장이가 부처님 일행께 식사를 공양했다. 춘다가 공양한 음식은 전단나무에서 자라는 버섯으로 요리한 '스카라 맛다바'라는 귀한 것이었는데 약간 상한 상태였다고 한다.

석가모니는 그의 성의를 보아 거절하지 못하고 제자들에겐 먹지 못하게 하고는 자기 혼자 몇 숟가락을 드셨는데, 이것이 결정적으로 그를 죽음으로 몰고 가고 말았다. 견디기 어려운 통증에 설사까지 겹쳤던 것이다.

얼마나 고통스러웠는지, 경전에 "무서운 병에 걸려서 죽을 듯이 심한 통증이 일어났다."고 기록되어 있을 정도다. 그런 상태에서 부처님의 일생에 늘 함께하였던 제자이자 조카 아난다가 마지막으로 설법을 청하자 남긴 것이 바로 우리가 아는 《열반경》이다.

"아난다야. 이 세상에서 자기를 등불로 삼고, 자기를 의지 대상으로 삼고, 남을 의지 대상으로 삼지 마라. 자기 속의 법(dharma)을 등

불로 삼고, 의지 대상으로 삼고, 남을 의지 대상으로 삼지 마라."

그러고 나서 석가모니는 조금 떨어진 쿠시나가라(kusinagara, 현 카시아) 성 밖 발제하(跋提河)의 맑은 물에서 목욕을 하신 다음, 인근 사라나무(沙羅樹) 아래에 자리를 깔고 머리를 북쪽으로 한 채 누워서 드디어 열반에 드셨다. 열반에 드시기 전 석가모니 부처는 아끼던 제자들에게 마지막 당부를 하셨다.

"모든 것은 소멸되어 간다. 게으르지 말고 정진하여라."

이것이 그가 남긴 마지막 말이었다. 거룩하신 부처님의 죽음치고는 너무나 쓸쓸하고 너무나 평범한 죽음이라고 하지 않을 수 없다. 석가모니처럼 생사를 초월하신 존재조차 육탈하여 법신이 되기까지 인간적인 고통으로부터 결코 자유롭지 못하다는 말이 아닌가. 아니면 석가모니는 자신의 평범하고 고통스런 죽음을 통해 이 세상의 삶이 정말 부질없으며, 일체가 고(苦)요 화택(火宅)이라는 사실을 가르쳐주시려 했던 것일까.

나는 석가모니 부처의 마지막 말씀, 곧 '모든 것은 소멸되어 간다.'와 '게으르지 말고 정진하여라.' 사이의 모순된 의미와 함께 그의 평범한 죽음에서 뜻밖의 위안을 받고는 한다. 부처님도 그러하셨거늘 하물며 나 같은 평범한 중생이야……!

고통 없는 죽음이란 없다. 누구에게나 죽음은 커다란 고통을 수반한다. 그런데 어떻게 보자면 이 고통이야말로 우리로 하여금 죽음을 함부로 넘볼 수 없게 만든, 조물주의 지혜로운 경계가 아닌가 하는 생각이 든다. 만일 죽음의 문지방을 넘어가기가 수월하거나 아무 고통도 없다면, 나아가 극히 편안하고 부드럽기까지 하다면 어떻게 되었을까? 애초에 '죽지 못해 산다' 같은 말은 생기지도 않았을 것이다. 죽음을 자청하는 사람들이 하루에도 떼거지로 나타났을 것이고, 인류는 오래전에 멸종해버렸을지도 모른다. 그렇잖아도 이 고통스런 절차를 감수하면서까지 죽음의 문턱을 넘어가는 자살자들이 속출하는 세상에서 말이다.

어쩔 수 없는 죽음을 맞는 사람에게도 고통은 의미가 있다. 고통은 마지막으로 남아있는 세상에 대한 애착이나 미련을 버리게 도와주기도 한다.

물론 바람에 날리듯 생명의 촛불이 꺼지고 편안하게 영원한 안식의 잠에 드는 사람이 없지는 않다. 불교에서는 해탈한 이의 죽음을 일컬어 '열반에 든다'고 표현하는데, 열반을 의미하는 산스크리트어 '니르바나(nirvana)'에도 '불이 꺼진다(extinguish)'는 의미가 들어있다고 한다.

그러면 얼마나 좋을까. 수명이 다한 전지처럼, 기름이 다한 호롱불처럼, 조용히, 천천히, 고통 없이 꺼지듯 죽을 수만 있다면……. 자는 듯이 그냥 슬쩍 갈 수 있다면……. 긴 여행을 끝내고 다음 여행을 떠나는 사람 같이 홀가분하다면…….

하지만 그런 소망이 이루어지는 경우는 극히 드물다. 죽음이란 놈이 그렇게 친절하지가 않기 때문이다.

술도 담배도 하지 않고 평생을 합판 공장에서 노동하며 사셨던 나의 매형은 성품이 매우 부드럽고 겸손하며 남에게 싫은 소리 한번 하지 않았던, 그야말로 부처님 반 토막 같은 분이었다. 그런데 이 양반이 덜컥 폐암 선고를 받았다. 그는 의사의 지시에 따라 무던히도 잘 참아가며 식이요법과 항암 치료를 병행했고, 그렇게 몇 년을 견디었다. 그러나 운 나쁘게도 암세포는 전이되어 계속 세력을 키워갔고 마침내 죽음의 문턱에 이르렀다. 마지막 며칠 동안 그는 거의 다른 사람이 되어 화를 내며 고래고래 고함을 지르고 심한 욕까지 했다고 한다. 죽음으로 넘어가는 문지방의 고통이 그의 고매한 인격까지 황폐화시켰던 것이다.

《혼자만 잘 살면 무슨 재민겨》의 저자 전우익 선생은 일찍이 아동문학가 이오덕 선생, 권정생 선생과 함께 영남삼현(嶺南三賢)이라 불릴 정도로 선량한 분이었지만, 그분도 마지막에 병원에서 평소와 전혀 다른 모습이 되어 함부로 십전짜리를 내뱉으셨다고 한다. 평소에 눌러두고 감추어둔 가시 같은 게 그 틈에 삐져나온 것인지도 모른다. 누가 감히 우리에게도 그런 일이 일어나지 않는다고 보장할 수 있을까.

나와 친한 후배 소설가 심아무개 군은 말기 암을 치료하는 병원에 일주일에 두 번 자원봉사를 나가는데 그의 말에 의하면 그들이 마지막으로 겪는 고통과 히스테리, 고함, 짜증과 분노는 보통의 인내로 감당하기 힘들다고 했다. 아마 그럴 것이다. 이런 글을 쓰고 있는 나 자신도 그런 처지가 된다면 별로 의연할 자신이 없다.

그래도 병원에서 죽음을 맞을 수 있는 사람은 행운아이다. 지구상에 살다가 간 인간 중에는 끔찍한 전쟁과 자연재해로 죽은 사람이 수도 없다. 그리고 그들은 대부분 죽음으로 가는 길에서 지독한 고통을 당해야 했을 것이다.

어떤 죽음이라 하더라도 죽음의 과정은 육탈(肉脫)의 고통을 수반한다. 누구에게든 선뜻 소풍이라도 나서듯 경험해보고 싶은 일은 절대로 아니다.

그런데 그것만일까? 까짓 고통쯤이야 "그 또한 지나가리라!"라는 격언대로 한바탕 폭풍처럼 지나가면 그만이다. 빌딩에서 떨어지는 것처럼 불과 몇 초면 끝나는 경우도 없지 않다. 그리고 그 고통은 어디까지나 죽는 사람 본인, 개인에 한정된 것이다.

하지만 죽음은 결코 죽는 자 개인의 영역에 그치는 것이 아니라는 데 더 큰 문제가 있다. 사람들은 기억할 것이다. 숱한 문학 작품이나 영화의 한 장면에 등장하는 말, "차마 눈을 감지 못하겠구나!"라는 대사를. 그 말의 뜻은 결코 두렵거나 고통스럽기 때문에 죽기가 어렵다는 것이 아니다. 그들에겐 개인 차원을 이미 넘어선 더 깊은 문제가 존재한다.

그것은 영원한 이별이다.

죽음이란 바로 영원한 이별을 의미하는 것이다. 그것은 세상과 불현듯 단절됨을 의미하며, 정다운 사람, 아내, 남편, 아들딸, 낯익은 물건, 오랜 소리, 냄새, 강아지, 신발, 때로는 〈러브 스토리〉의 주인공과 같은 연인……. 이 모든 것과의 영원한 아듀를 의미한다. 떠나는 자신만 고통스러운 것이 아니다. 남은 자들, 남기고 가는 모든 것이 걱정이다. 그래서 차마 눈을 감을 수 없고, 그래서 죽음보다 더한 것은 이별이라고 하는 것이다.

이제 독자들도 '까짓 고통쯤이야' 했던 내 말을 조금은 이해했을 것이다. 죽음을 가장 두렵게 만드는 것은 냉정하고도 가혹한, 그리고 결코 이해할 수 없는 강이 산 자와 죽은 자 사이에 놓여있기 때문이다. '유명(幽明)을 달리하다'는 말 속에는 결코 살아서는 건널 수 없는 '요단강', '레테의 강' 너머로 건너간다는 뜻이 담겨있다.

나는 때때로 예전에 돌아가신 아버지나 어머니를 생각하면 그런 생각이 든다. 그분들은 다 어디로 갔단 말인가. 그렇게 다정하게 이야기하시던 분들의, 그 목소리와 그 그림자를 이제 영영 들을 수도 만질 수도 없다니. 이보다 더 이상하고 신기한 일이 또 어디 있을까. 주름진 얼굴로 웃곤 하던 농사꾼 큰 형님, 세탁소 하던 작은 형님, 그리고 그림쟁이 나의 여동생, 그들은 다 어디로 갔단 말인가. 그들과의 아름다운 추억과 시간은 과연 어디로 갔을까.

죽음은, 생명의 탄생과 마찬가지로 인간이 영원히 밝힐 수 없는 수수께끼이다. 거기에는 존재와 무(無) 사이의 깊은 고랑이 놓여있다.

여기 볼펜이 한 자루 있다고 해보자. 그러니까 이 볼펜은 현재 존재하고 있다. 그러나 그 볼펜이 언제까지나 현재 상태 그대로 존재하는 것은 아니다. 볼펜은 시간이 흘러감에 따라 낡고 상하면서 자연히 변화해간다. 비록 느리긴 하겠지만, 그대로 두면 언젠가는 다른 무엇으로 변하거나 재가 되어 사라질 것이다. 우리는 그런 현상을 자연스럽다고 생각하며 받아들일 준비가 되어 있다. 그 과정에는 단절이 없다.

하지만 마술사가 손에 들고 있던 볼펜을 순식간에 사라지게 한다면 우리는 어떻게 반응할까? 두말할 필요도 없이 놀라고 흥분할 것이다. '존재'가 순식간에 '무'로 되었기 때문이다. 거기에는 변화가 아닌 단절이 있다. 마술사 데이비드 카퍼필드가 돈을 버는 것도, 손에 들고 있던 비둘기를 갑자기 사라지게 하고 만리장성이나 에펠탑마저도 순식간에 보이지 않게 할 수 있기 때문이다.

죽음도 이와 같다. 비록 육신의 변화는 우리가 그 과정을 지켜볼 수 있다고 해도, 삶과 죽음의 찰나 같은 단절은 결코 이해할 수도 설명할 수도 없다. 어떻게 살아있던 어떤 것(存在)이 갑자기 생명이 없는 죽음(無)으로 전이할 수 있단 말인가. 그래서 남은 가족들은 종종 한참 동안 이 갑작스런 부재에, 마술과 같은 현상에 넋을 빼앗기고 도무지 믿을 수도 받아들일 수도 없는 상태에 빠지는 것이다.

어쨌거나 죽음은 그리, 아니 절대로, 우리 인생 무대의 달가운 결말은 아니다. 죽음이 있는 한 고통과 이별과 슬픔만이 무대 위의 마지막을 흰 꽃으로 장식하고 있을 뿐이다.

그럼에도 불구하고, 앞에서도 말했지만 우리는 누구도 이 연극의 이런 뻔한 결말을 피해 갈 수 없다. 제아무리 파라오들이 자기 내장을 파내서 미이라를 만들고 산처럼 높은 피라미드를 세워도, 제아무리 진시황이 병마용을 만들어 살아있는 것처럼 사방에 설치하고 온갖 장치가 들어있는 거대한 무덤을 만들어 놓아도, 그들 역시 이 연극의 숙명에 따라 고통과 이별의 슬픔 속에서 죽지 않을 수 없었다. 황제나 노예나, 재벌이나 노숙자나, 놀이동산에 온 아이처럼 표 한 장 들고 인생의 정문으로 들어와 마지막엔 "땡" 소리와 함께 총총히 후문으로 빠져나가는 것은 똑같다.

그래서 우리는 생각한다. 그리고 이야기한다. 죽음에 대해……. 도대체 죽음이란 무엇인가? 미구에 내게도 닥쳐올 그 사건을 어떻게 해석하고 받아들여야 할 것인가? 산 자와 죽은 자 사이의 이 영원한 이별을 어떻게 이해해야 할 것인가? 그것은 살아있는 우리에게 던져져 있는 숙명 같은 질문이며 목에 걸린 굴레와도 같은 것이다.

늙은 사자가 홀로 무리를 떠나 초원의 한 구석에서 쓸쓸히 죽어가는 장면을 〈동물의 왕국〉 같은 프로그램에서 누구나 한 번쯤은 본 일이 있을 것이다. 그리고 생각했을 것이다. 죽음이란 참으로 어두운 것이로구나. 그리고 또 생각했을 것이다. 왜 모든 살아있는 것들, 의식 있는 것들은 이렇게 마지막을 맞도록 만들어져 있을까. 그것은 창조주의 악의나 저주, 그도 저도 아니면 일종의 진한 농담이나 장난인 것일까.

아닐 것이다.

나는 분명히 아닐 것이라고 단정한다. 이토록 섬세하게 설계된 뭇 생명이, 아이들이 낮에 가지고 놀다 허물어 버리는 모래장난 같은 것은 분명 아닐 것이다.

그렇다면 죽음 속에는 어떤 숨겨진 의도 같은 게 있지 않을까. 악의나 저주가 아닌 오히려 축복 같은 것. 생의 위안 같은 것 말이다.

죽음을 대하는
다섯 단계 반응

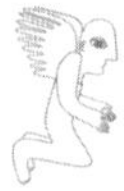

20세기를 대표하는 정신의학자이자 호스피스 운동의 선구자인 엘리자베스 퀴블러 로스(Elizabeth Kubler Ross)만큼 죽어가는 사람들을 많이 만나고, 인터뷰하고, 그들의 심리 변화를 객관적으로 관찰한 사람은 없을 것이다. 죽음에 이르는 과정에 대한 그녀의 탐구는 의학적인 측면에서뿐만 아니라 철학적, 종교적인 측면에서도 매우 귀중한 시사를 던져주고 있다.

먼저 그녀의 생애부터 간단하게 살펴보자.

> 엘리자베스는 1926년 스위스 취리히에서 세쌍둥이 중 첫째로 태어났다. 자신과 똑같은 모습의 다른 두 자매를 바라보며 일찍부터 자신의 정체성에 대해 고민을 시작한 그녀는, '진정한 나는 누구인가? 어디서 와

서 어디로 가는 존재인가?'라는 질문을 평생 놓지 않았다. 스위스 시골에서 자란 엘리자베스는 아버지의 친구가 나무에서 떨어져 죽은 것을 보면서 죽음에 대해 일찍 생각하게 되었다. 공포에 직면하여 죽기 전, 그 남자는 이웃 아이들을 그의 방으로 불러, 그의 아내와 아이들이 농장을 꾸려나가는 것을 도와달라고 부탁했다. 이 경험은 어린 엘리자베스에게 '큰 자부심이자 기쁨'으로 남았다.

제2차 세계대전이 끝나고 열아홉의 나이로 자원 봉사 활동에 나선 엘리자베스는 폴란드 마이테넥 유대인 수용소에서 인생을 바칠 소명을 발견한다. 그곳에서 죽음을 맞이해야 했던 사람들이 지옥 같은 수용소 벽에 수없이 그려놓은, 환생을 상징하는 나비들을 보고 삶과 죽음의 의미에 대해 새로운 눈을 뜨게 된 것이다.

취리히 대학에서 정신의학을 공부한 그녀는 미국인 의사와 결혼하면서 뉴욕으로 이주한다. 이후 뉴욕, 시카고 등지의 병원에서 죽음을 앞둔 환자들의 정신과 진료와 상담을 맡는데, 의료진들이 환자들의 심박수, 심전도, 폐 기능 등에만 관심을 가질 뿐 환자를 한 인간으로 대하지 않는 것에 충격을 받는다. 그녀는 앞장서서 의사와 간호사, 의대생들이 죽음을 앞둔 환자들의 마음 속 이야기를 들어주는 세미나를 열고, 세계 최초로 호스피스 운동을 의료계에 불러일으킨다. 그리고 죽어가는 이들과의 수많은 대화를 통해 어떻게 죽느냐는 삶을 의미 있게 완성하는 중요한 과제라는 깨달음에 이른다. (…)

그녀는 죽음에 대한 최초의 학문적 정리를 남겼을 뿐만 아니라, 삶에 대해서도 비할 수 없이 귀한 가르침을 남기고, 2004년 8월 24일 78세의 일기로 그녀 역시 온몸이 마비되는 병을 앓은 끝에 눈을 감았다.[1]

그녀는 자서전에 이렇게 썼다.

"사람들은 나를 죽음의 여의사라 부른다. 30년 이상 죽음에 대한 연구를 해왔기 때문에 나를 죽음의 전문가로 여기는 것이다. 그러나 그들은 정말로 중요한 것을 놓치고 있는 것 같다. 내 연구의 가장 본질적이고 중요한 핵심은 삶의 의미를 밝히는 데 있었다."

그녀는 그 일을 위해 말기 환자들과 솔직한 대화를 나누는 만남을 주선했는데 여기에는 의사들뿐만 아니라, 목회자 등 신학자들도 참여했다. 쉬운 일 같지만, 절대로 쉬운 일이 아니었을 것이다. 자신이 죽어가고 있다는 사실을 인정하고 '솔직하게' 대화에 나서줄 사람이 누가 있겠는가. 초기에는 미친 짓으로 여겨지기도 했다고 한다.

그러나, 그럼에도 불구하고, 죽어가는 사람에게 가장 필요한 것은 대화임을 우리는 그녀의 연구를 통해 배우게 된다. 그들은 누군가가 말을 걸어주고 자신의 내면을 고백할 기회를 주길 원한다. 죽음이란 회피하고 싶은 검은 얼굴의 사자가 아니라 누구나 맞이해야 하는 중요한 손님이고, 그와 함께 떠나기 전 우리는 짧은 순간이나마 지상에서의 자신의 삶을 되돌아볼 시간이 필요하기 때문이다.

퀴블러 로스는 '죽음에 대한 심리적 반응'을 5단계의 과정으로 정립

했다. 죽음과 마주한 사람의 첫 번째 반응은 '부정'이다. 병원에 갔다가 자신이 말기 암에 걸렸다는 것을 안 환자는 맨 처음, "아니야! 그럴 리가……."라고 나올 것이다. 그리고는 곧 의사를 불신한다.

"이 병원이 오진이 많다더니 정말이군. 다른 데 가서 알아봐야지."

어떤 사람은 병원의 착오로 엑스레이가 바뀌었을 거라고 믿는다. 최종적으로 결론이 나고, 마침내 자신이 돌이킬 수 없는 지경에 다다랐음을 알아도 사람들은 눈을 감는 마지막 순간까지 이 부정의 마음을 버리지 못한다. 내가 죽다니, 어떻게 그런 일이 일어날 수 있겠는가!

어떤 사람이 불치병에 걸려 죽기 직전에 이르렀다. 의사가 그 사람에게 마지막으로 보고 싶은 사람이 없느냐고 물었다. 그러자 그 사람은 의사의 귀에 대고 힘겹게 말했다고 한다.

"다른 의사."

웃으라고 한 이야기겠지만 최후까지도 희망을 버리지 않고, 삶에 집착하는 인간 심리가 배어있는 유머이다.

'부정'은 살아있는 생명이 죽음과 마주치면 당연히 나타나는 반응이다. 무의식 속에서 우리는 자신이 불멸이라 믿기 때문에, 죽음은 자기 믿음에 대한 배신이자 충격인 셈이다.

이런 판정을 받은 사람들은 대체로 올 것이 왔다는 절망감과 함께 그럴 리가 없다는 강한 거부감을 동시에 느낀다. 퀴블러 로스는 이 부정의 반응이 꼭 나쁜 것은 아니라고 한다.

"예기치 못한 충격적인 소식을 접했을 때 부정은 일종의 완충제 역할을 하면서 환자에게 추스릴 시간을 주고 침착하게 대처할 수 있도록 돕는다."

부정의 순간은 사람마다 다르지만 비교적 짧은 시간에 지나간다. 특히 요즘 사람들은 워낙 들은 정보도 많고 의사 빰치게 아는 것도 많아 상황을 신속하게 판단한다. 그리고 자기가 진짜 죽을지도 모른다는 사실을 깨닫게 되는 데는 많은 시간이 걸리지 않는다.

그러면 두 번째 단계의 반응은 어떤 것일까? 나는 이 부분에서 퀴블러 로스의 연구에 가장 크게 공감하였다. 바로 '분노'이다.

분노. 바로 이것이 죽음을 앞둔 사람, 아니 살아있는 우리 자신의 내부에 가장 깊숙이 저장되어 있던 감정이 아니고 무엇이겠는가. 활화산 깊은 곳에서 끓는 마그마처럼 우리 내부에는 분노가 흐르고 있다. 그것은 어쩌면 인류의 역사가 시작될 때부터 존재한 가장 오래된 감정인지 모른다. 카인이 하나뿐인 동생 아벨을 돌로 쳐 죽인 것도 원초적인 분노 때문이다.

특히 사회적 갈등이 심한 이 시대 이 나라에는 분노가 넘치고도 넘친다. 정치적 신념 때문에, 종교적·도덕적 신념 때문에, 경제적 이유 때문에, 아니면 이도저도 아니고 그냥 이유 없이, 화가 나고 분노하고 증오한다. 억제할 수 없는 분노 때문에 벌건 대낮에 묻지마 살인이 벌어지기도 한다.

우리의 감정을 조정하고 억제하는 대뇌의 전두엽은 진화와 더불어 생긴 가장 고차원적 장치다. 화는 이 기능이 멈추면서 나타난다. 말하자면 진화 이전의 파충류의 공격성과 같은, 원초적이고 즉각적인 본능에 가깝다. 이성의 기능이 약화되고 분노만 남게 된다.

그래서 '부정' 단계가 지나고 나면 죽음을 선고받은 사람에게서 가장 신속하게 나타나는 두 번째 반응이 바로 이 '분노'라는 것이다. 분노는 때로는 시기와 원망 같은 것으로, 때로는 광기에 가까운 절규 같은 것으로 나타난다. 생전 하지 않던 욕설을 퍼붓는 경우도 있다.

앞에서 말했지만 부처님 반 토막 같았던 우리 매형이나, 항상 겸손하고 사회적으로 존경받던 전우익 선생마저도 마지막에는 병실에서 간호사에게 물건을 집어던지며 차마 입에 담지 못할 욕까지 뱉어내었다고 하지 않은가. 그래도 이분들은 그럭저럭 천수를 누렸지만 그렇지 못하고 별안간 죽음이란 놈이 찾아와 어중간하게 도중하차를 해야 하는 사람들에겐 정말 억울하고 화가 나는 일이 아닐 수 없을 것이다.

그리고 그는 생각할 것이다.

"하필이면 왜 나야?"

번지수가 잘못되었거나 잠깐의 실수가 아닐까. 하지만 죽음의 신은 결코 번지수를 놓치는 법이 없다. 찾던 사람은 어디에 있건 반드시 찾아내고야 만다

'테헤란의 죽음'이라는 유명한 이야기가 있다. 페르시아의 어떤 돈 많은 사람이 하인을 데리고 화원을 거닐고 있었다. 그런데 하인이 갑

자기 비명을 질렀다. 왜 그런가 물어보니, 조금 전 자기가 죽음의 신과 맞닥뜨렸는데 죽음이 신이 오늘 밤 자기를 데려가겠다고 했다는 것이다. 하인은 주인에게 오늘 밤 테헤란으로 도망을 가겠다면서 빠른 말 한 필만 빌려달라고 간청하였다. 주인은 허락하고 말을 빌려주었다. 하인은 허겁지겁 말을 타고 테헤란을 향해 달려갔다.

주인은 발길을 돌려 자기 집으로 들어가다가 죽음의 신과 마주쳤다. 주인이 물었다.

"그대는 어찌하여 우리 하인에게 겁을 주고 위협을 하였느냐?"

그러자 죽음의 신이 말했다.

"나는 그를 위협하지 않았소. 다만 오늘 밤 그를 테헤란에서 데려갈 예정이었는데 그가 아직도 여기에 있는 것을 보고 뜻밖이라는 표정을 지어보였을 뿐이오."

그날 밤, 그 하인은 어떻게 되었을까. 급히 말을 달려간 그는 테헤란에서 죽음의 신을 만났을 것이다.

또 다른 이야기 하나. 베트남전에서 구사일생으로 돌아온 용사가 있었다. 그는 쏟아지는 포탄과 총알 속에서 수많은 죽을 고비를 넘기고 용케도 살아서 고향으로 돌아왔다. 사람들은 그를 모두 불사조라고 불렀다. 그런데 고향으로 돌아온 지 얼마 지나지 않아 그는 자기 집 앞 건널목에서 운전이 미숙한 고등학생이 몰던 오토바이에 치여 죽었다. 역전의 용사, 불사조라는 별명에 어울리지 않는 어처구니없는 죽음이었다.

그 역시 죽으면서 혼자 중얼거렸을 것이다. "하필이면……." 하고.

그런데 이 '하필이면'이라는 말 속에는 많은 함의가 있다. 누구든 불치의 병에 걸리는 순간, 거리에서 주변을 걸어가는 얄밉도록 건강한 인간들을 보며 '하필 나일까.' 하고 생각할 것이다. 만일 그가 황제이거나 재벌이거나 다른 무엇을 많이 가진 자라면 더욱 억울할 것이다. 저 많은 보잘것없는 무리, 나보다 백 배 천 배나 못한 무리들이 아무렇지도 않다는 듯 살아가는데 '하필이면' 이 잘난, 이 똑똑한, 이 강력한, 이 부자인, 내가 죽어야 하는가.

나는 이 '하필'이 고대의 순장 풍습을 만든 것이 아닌가 추측한다. 순장은 권력자가 다른 하인들이나 신하, 시녀와 함께 무덤에 들어가는 것이다. 하필 내가 죽음을 맞이해야 한다는 사실 앞에서 황제는 함께 갈 사람을 필요로 한다. 남들과 함께라면 '하필 나'라는 분노가 어느 정도 완화될 것이기 때문이다.

어쨌거나 황제나 재벌이 아닌 보통 사람일지라도 죽음이 가까웠을 무렵 심한 짜증과 분노, 까닭없는 증오심을 표출하는 것은 노상 있는 일이다. 오죽하면 '정 떼려고 그런다'는 말이 생겨났을까.

분노의 단계는 당사자에게나 그의 가족들에게 가장 견디기 어려운 시간이다. 하지만 이 단계를 대부분의 사람은 건너뛸 수가 없다. 그리고 그 극도의 고통과 분노 이면에는 외로움과 소외감, 그리고 슬픔이 존재한다.

퀴블러 로스 역시 죽음의 전문가답게 말한다.

"나는 이 단계에 있어 환자의 이성적인, 혹은 비이성적인 분노를 인내하는 것이 얼마나 중요한 일인지를 말해주고 싶다. 우리는 환자의 말에 귀를 기울여주어야 한다. 때로는 그들의 비이성적인 분노도 받아주어야 한다. 분노를 표출함으로써 얻는 안도감이야말로 마지막 시간을 편안하게 보낼 수 있도록 환자를 돕는다는 사실을 알아야 한다."[2]

그녀는 '그들'이라고 표현했지만 사실은 '우리'이며, '나'이다. '환자'라는 말도 그냥 사람을 의미할 뿐이라는 중요한 사실 역시 잊어서는 안 된다.

분노의 단계가 지나가고 나면 세 번째로 찾아오는 것은 '협상'이다. 부정하고 분노하던 환자는 마침내 이제 이 죽음이란 손님을 피할 수는 없다는 것을 깨닫고, 받아들이긴 받아들이겠는데 조금 늦추어주기를 바란다는 것이다.

이 단계는 비교적 덜 알려져 있고 짧지만 환자에게는 매우 도움이 되는 시간이라고 한다. 많은 사람들이, 조금만 더 산다면 남은 평생 사회를 위해 봉사하겠다거나, 남에게 자선을 베풀겠다거나, 이루지 못한 꿈을 위해 열심히 하겠다거나, 공부를 마치겠다거나 하는 소망을 비친다. 의사들이 지식을 총동원하여 삶을 연장해주기만 하면 신체의 일부 혹은 전체를 기증하겠다고 약속하는 사람도 있다. 협상의 단계는 죽음을 미루기 위한 나름의 꾀이다. 그리고 자신의 선한 행위에 대한 사전보상의 요구이자 그동안 미처 하지 못했던 선행에 대한 잠재된 죄책감과도 관련이 있다고 한다. 이 죄책감을 벗어버리는 것. 불교에서 업(業, 카르마)이라고 부르는 것으로부터 놓여나는 것. 그리하여 의무감과 기대감을 동시에 버리는 것. 그것이 이 단계에서 필요로 하는 것이다.

네 번째 단계는 '우울'이다. 부정과 분노와 협상이 외부로 향한 마음이라면, 우울은 내면으로 향한 마음이다. 우울이라 하여 대책 없는 깊은 심연에 빠지는 것을 의미하지는 않는다. 어떻게 보면 차분히 걱정하고 자신이 떠난 이후를 생각하는 것이다. 우울의 단계는 이제 얼마 남지 않은 세상의 시간과 작별하기 위해 스스로를 준비하는 시간이다.

이 단계는 다시 '반응적 우울' 단계와 '준비적 우울' 단계로 나뉠 수 있다. 반응적 우울이란 주로 과거의 상실에서 기인하는 것이고, 준비적 우울은 주로 미래의 상실에 기인한다. 우리는 죽음과 동시에 과거와 미래를 함께 잃는다. 상실될 과거와 미래를 놓고 그는 많은 것들을 생각하고 침울해 있을 것이다.

이때 곁에서 해 줄 수 있는 일은 무엇인가?

우리는 사랑하는 사람 하나를 잃는 것이지만 그는 사랑했던 모든 것을 잃어야 한다. 수다스런 위로가 오히려 성가실 뿐이다. 퀴블러 로스에 의하면 환자는 이 단계에서 슬퍼하지 말라고 끊임없이 말해주는 사람보다 슬픔을 표현할 수 있게 해주는 사람을 오히려 더 편안

해한다고 한다. 마지막에는 말이란 전혀 필요하지 않고 그저 조용히 안아주거나 손을 잡아주거나 함께 있어주는 것만으로도 도움이 된다고 한다.

이 우울의 단계, 라기보다는 자신을 돌아보는 성찰의 시간에, 환자가 가장 바라는 바는 무엇일까. 아우슈비츠에서 살아남아 '의미치료법(Logotherapy)'을 창설한 심리학자 빅터 프랭클에 따르면, 죽음을 앞둔 사람이 가장 절실하게 듣고 싶은 것은 "당신의 삶은 헛되지 않았으며, 의미 있는 것이었다."는 말이라고 한다. 한마디로 하자면 자신의 삶이 가치 있었음을 인정받는 것이다. 퀴블러 로스의 책에 나오는 어떤 사람은 자기의 흠을 잡는 사람들에게 아내가 "무슨 소리요? 우리 남편은 이 세상에서 가장 정직하고 신앙심이 깊은 사람이었어요!"라고 소리를 질렀다는 이야기를 듣고는 많은 위안을 받고 미소를 띤 채 죽었다고 한다.

거창한 말이 아니라도 좋다. 많은 사람의 박수갈채가 아니어도 좋다. 의미 있고, 가치 있는 삶, 그리고 칭찬받는 삶. 그것이 최종 순간에 인간이 지닌 가장 분명하고 간절한 소망이 아니겠는가.

어떤 삶을 살았건 상관이 없다. 평생을 거지로 살았건 넝마주이로 살았건 마찬가지이다. 이 인생길에 던져져 그저 완주했다는 사실만으로도 충분하다. 누구에게나 한 번밖에 주어지지 않은 생은 만인에게 평등하다. 부처님만 '천상천하유아독존(天上天下唯我獨尊)'이 아니요, 예수님만 '하나님의 독생자(獨生子)'가 아니라는 말이다. 우리 모두가 바로 그런 소중한 존재들이다. 누구에게나 자기 생의 주인은 자기이다. 이 우주가 시작된 이래, 그리고 이 우주가 끝나는 날까지 나와 똑같은 생은 나오지 않는다. 이 지상에는 수십억, 수백억의 인간들이 살다 가지만 같은 생은 절대로 반복되지 않는다.

그러므로 다른 사람은 몰라도 나 자신은 내 인생에 박수를 보낼 이유가 있는 것이다. 나의 인생이 결코 헛되지 않고, 나아가 의미 있는 것이었노라고……. 마지막 순간, 그렇게 자신의 생에 대한 긍지와 존경을 가질 수 있다면 누구나 편히 눈을 감을 수 있을 것이다.

마지막 단계인 '수용'에 대해서는 특별히 말할 것이 없다. 이미 그 시기에는 모든 분노, 우울의 에너지도 다 빠져나가 잠든 갓난아이와 같은 상태에 이르기 때문이다. 대화는 더 이상 무의미하며 받아들일 수도 없다. 그저 자신이 버려지지 않았고, 누군가와 함께하고 있다는 사실을 느끼는 것만으로 충분하다.

여기서부터 마지막 숨이 넘어가는 순간까지는 인간의 영역에서 벗어나 자연과 신의 영역으로 넘어가는 시간이다. 퀴블러 로스도 이 단계에 대해서는 별 할 말이 없는 모양이다. 그저 받아들이라는 말뿐이다.

각각의 단계들은 어느 정도 지속되다가 다음 단계로 넘어가곤 하지만 때로는 두 단계가 공존하기도 한다. 그녀에 따르면 모든 단계에서 마지막 순간까지 공통적으로 놓지 않는 것은 희망이라고 한다. 무은 희망? 자신이 다시 살아날 수 있다는 희망이다. 생명에 대한 애착은 그만큼 크다는 말일 것이다.

퀴블러 로스식의 이런 단계 구분에 별로 동의하지 않는 사람도 있을 것이다. 예를 들어 인도의 갠지즈 강 화장터 근처에 앉아 죽을 날만 기다리며 자신의 육신을 태워줄 장작더미를 누가 훔쳐가지나 않을까 지켜보는, '죽어가는 사람'이 그런 단계를 밟으리라고 믿기는 좀 어렵다. 예전에 나도 인도를 여행할 때 강가 화장터에서 그런 노인들을 보았는데, 죽음에 대한 개념조차 없는 사람들 같았으니까. 혹은 교수대에 목을 매고 곧 죽음의 문턱을 넘어가게 될 사람이 그런 까다로운 과정을 누릴 수 있을 것 같지도 않다.

그럼에도 불구하고 퀴블러 로스의 연구는 이 세상에 살다가 병에 걸려 죽는, 보통 사람의 보통 죽음에 상당히 보편적으로 적용할 수 있는 과정을 보여준다. 나는 그녀가 죽음을 선고받은 환자의 첫 번째와 두 번째 반응으로 부정 그리고 분노를 꼽는 것에 충분히 공감하는 바이다. 일반적으로 누구에게나 일어나는 현상이기 때문이다.

인간의 가슴 속에 가장 깊이 흐르는 두 가지 감정이 분노와 슬픔이다. 분노가 불이라면 슬픔은 강이다. 이 두 가지 감정은 때로는 우리를 상승시키고 때로는 우리를 낮은 곳으로 흐르게 한다.

세상을 분노 없이 살아가기란 어렵다. 하지만 분노만으로 살 수는 없다. 분노를 다스려주는 것이 슬픔이다. 슬픔은 생의 어쩔 수 없는 부분을 받아들이게 하고 그리워하게 하는 힘이다. 슬픔 속에는 그리움과 허무가 늘 깃들어 있게 마련이다. 그리고 슬픔 속에는 연민과 자비심이 깃들어 있다. 모두 거룩하고 고차원적인 감정들이다.

사족으로 하나 달아두자면, 나는 퀴블러 로스의 이 다섯 단계의 가장 마지막에 아주 짧지만 '평화의 단계'가 있다고 믿는다. 바로 죽음의 순간에 맞이하는 평화로운 상태를 말한다.

나의 친구 L군은 간암으로 오래 고생하다가 죽었는데, 그는 임종을 지켜보던 목사에게 "아, 아름답다!"라는 말을 남기고 평화롭게 세상을 떠났다고 한다. 《모리와 함께 한 화요일》의 모리 교수 역시 죽음을 맞이하면서, "이토록 조화롭고, 웅장하며, 아름답다니!" 하는 독백을 남겼다지 않은가.

요즘은 임사체험을 비롯하여 죽음을 앞둔 마지막 순간, 거의 몇 초나 몇 분 사이에 무슨 일이 벌어지는지에 대한 연구가 활발하다. 어떤 학자는 그 순간 우리 몸에서 엄청난 아드레날린이 분출되어 아무런 고통 없이, 오히려 크나큰 쾌감까지 느끼면서 죽게 된다고 말한다. 그때 보는 것이 아름다운 환상이라고 한다. 에베레스트 산의 눈더미에 갇혀 죽을 뻔했던 사람도, 사막이나 밀림에서 길을 잃고 헤메다가 거의 죽음 직전에 이른 사람도, 마지막에는 꿈과 같이 아름다운 환상을 본다. 어떤 때는 안락한 집의 소파에 앉아서 맛있는 아이스크림을 먹기도 하고, 아내랑 다정하게 이야기를 나누기도 한다. 그러다가 잠이 들듯이 죽는다는 것이다. 심지어는 교수형을 당하는 죄수들조차 마지막 순간 그런 쾌감을 맛보게 되어 있다고 한다. 만일 그렇다면 창조주께서 특별히 자비를 베푸신 것이 틀림없다.

나는 수용의 단계를 지나면 짧지만 섬광 같은 평화의 순간이 있으리라고 믿는다. 그리고 다시는 되돌아올 수 없는 먼 여행을 떠나는 것이다. 오래전에 죽은 부모님과 형제 친구가 앞서 떠났고, 또 언젠가 사랑하는 후손들과 친구들도 떠나게 될 또 다른 차원으로의 여행 말이다.

모든 죽음은
몸의 죽음에서 시작된다

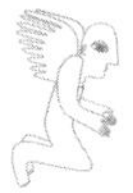

죽는다는 것은 무엇을 말하는 것일까?

죽음에 관한 가장 간단한 정의는 의사들이 가지고 있다. 사망 판정을 내리고 사망진단서를 끊어주는 사람도 의사이다. 우리가 병상에서 마지막으로 보는 사람도 가족이나 목사 같은 사람을 제외하고 나면 필경 의사일 것이다.

의사들이 내리는 사망 판정이라 하여 우리가 내릴 수 있는 판정과 크게 다르지는 않다. 숨이 멈추고 심장의 엔진이 꺼지면 우리는 죽었다는 것을 안다. 이른바 '심폐사설(心肺死說)'이다. 호흡과 심장이 멎고 나면 여러 가지 현상들이 뒤따른다. 피부는 바람이 빠지듯이 쪼그라들었다가 다시 적당히 부풀어 오르고, 하얗게 변했다가 천천히 검어진다. 동공은 풀어지고, 마지막까지 죄고 있던 괄약근이 풀리면서 고약한 냄새를 풍긴다. 그러면 우리는 그가 영영 다시 깨어날 수 없는 상태, 즉 죽었다고 판정하게 되는 것이다. 꼭 의사가 아니더라도 수천 년, 수만 년 동안의 경험을 통해 알려진 사실이다.

그러나 죽음에 대한 이러한 판정은 세월이 가면서 조금씩 바뀌고 있다. '뇌사설(腦死說)'이 등장했기 때문이다. 뇌사설은 아직 심장이 뛰고 있고, 숨도 붙어 있지만 뇌가 더 이상 작동하지 않는 상태를 말한다. 뇌사설이 대두된 것은 의학의 발달로 인해서다. 뇌의 기능이 완전히 망가져 더 이상 아무 말도 할 수 없고, 인식조차 할 수 없더라도 의료기술로 심장과 폐를 비롯한 장기들은 여전히 살아있게 할 수 있다. 이른바 식물인간이다.

방송사에 다니던 우리 선배도 그런 상태로 3년을 있다가 눈을 감았다. 숨은 붙어있었지만 자기라는 존재를 인식하는 중추기관인 뇌 기능은 끝난 상태로 3년을 더 '살았던' 것이다. 나의 장인 되시는 분도 그랬다. 심폐기능은 살아있었지만 인공호흡기를 부착하고 있어야 했고, 음식도 식도를 절개하여 호스로 공급해야 했다. 사람을 알아보지 못하는 것은 물론 무의식 속에서라도 자신이 누구인지 과연 알고 있는지 의문스러운 상태였다.

그런 경우 죽었다고 해야 할 것인가, 아니면 살았다고 해야 할 것인가? 산소 호흡기를 떼는 게 좋을까, 아니면 그냥 두는 게 좋을까? 간단한 것 같지만 결코 간단한 문제가 아니다. 더구나 환자가 세상에서 하나뿐인 남편이나 아내, 아버지나 어머니, 자식이라고 생각하면 차마 답을 내리기 힘들 것이다. 그런 식이라도 살아있는 편이 좋다는 사람도 적지 않다.

논란이 되고 있는 안락사와도 관련이 있는 이 문제는 의사들뿐만 아니라, 윤리학자, 사회학자, 철학자, 심지어는 법적인 최종 판결을 내려야 하는 법관들까지도 난처한 입장에 빠뜨리게 한다. 죽음의 정의란 만만치가 않다.[3]

뇌사이건, 심폐사이건 의사들이 말하는 의학적 죽음이란 몸의 죽음을 뜻한다. 그리고 그것은 우리가 오랫동안 익숙히 알아왔고, 보편적으로 사용하고 있는 죽음의 개념이다. 몸이란 생명이 깃들어 있는 곳이고, 그것을 통해 생명이 활동하는 지체(肢體)이다. 몸이 없다면 말할 수 없고, 생각할 수 없고, 밥을 먹거나 똥을 싸거나, 무슨 일을 행할 수가 없다. 즉 몸이 없다면 '나'라는 존재가 있을 수도 없다.

모든 것은 몸을 통해 이루어진다. 그래서 우리는 자기 몸을 다듬고, 걱정하고, 건강하게 유지하고, 늙어 보이지 않으려고 갖가지 수단을 다 부린다. 육신 숭배의 경향도 그런 데서 기인한 것일 터이다.

태어나서 늙고, 병들고, 죽는 이른바 생로병사(生老病死)도 몸을 통해 이루어진다. 거울 앞에 서면 보이는 것도 나의 몸이다. 그러니까 나의 몸이 곧 '나'라고 해도 과언이 아니다. 우리가 누구를 기억하는 것도 그의 몸을 통해서다. 하나님의 영(靈)이신 예수님도 마찬가지다. 그가 육신의 옷을 입는 이른바 '성육화(in-carnation)'를 하지 않았다면 죽지도 않았을 것이고, 부활할 필요도 없었을 것이다.

죽으면 몸은 흙으로 돌아갈 게 분명하지만, 그리고 철학자나 종교인들이 은근히 혹은 노골적으로 몸이란 것, 육체란 것을 영혼에 비해 무시하는 듯 말하지만, 몸이 없으면 우리는 아무것도 아니다. 몸을 떠나서는 철학자의 사변적인 말들도 모두 연기처럼 허황해지고 말 것이다. 몸은 영혼의 집이지만 동시에 영혼 자체이기도 하다. 몸의 수련 없이 마음 공부란 불가능하다. 나의 몸은 '나'다.[4]

그러면 나의 이 몸이란 건 도대체 무엇일까? 그것은 어디서 와서 어디로 가는 것일까?

어린 시절, 여름날 나는 뒤뜰에서 파리를 잡으러 돌아다니곤 했다.

똥파리라 불리는 그 징그럽게 생긴 보잘것없는 놈은 무엇을 알기라도 하는 것처럼 가만히 몸을 오그리고 경계하듯 커다란 머리를 요리조리 굴리고 앉아있다가, 내가 파리채를 들고 다가가면 휑하고 날아가 버리기 일쑤였다. 마치 영리한 지능이라도 있어 나를 놀려대는 것 같기도 했다.

그런데 이 징그러운 똥파리들도 가까이 가서 살펴보면 얼마나 정교한 아름다움을 지니고 있는지 모른다. 요리저리 움직이는 앞대가리에 달린 커다란 적갈색 겹눈, 잠자리 날개 못지않게 투명하고 가벼워 보이는 날개, 싹싹 비벼대는 작고 앙증맞은 앞다리, 기다란 뒷다리, 몸 전체를 감싸고 있는 반짝반짝 윤기 나는 까만 털…….

외모뿐만 아니라 파리가 생존하기 위한 기관 하나하나에도 분명히 정교한 기능과 장치가 있을 것이었다. 실제로 확대경으로 바라보면 파리의 눈은 기하학적으로 얼마나 아름답게 구성되어 있는지 모른다. 나의 팔뚝이나 다리에 붙어 핥아대는 징그럽기 짝이 없는 축축한 입도 기능에 맞게 잘 설계된 기계처럼 정교하기 짝이 없다. 신이 없다고 주장하는 사람도 자연의 이 정교함[5] 앞에서는 저절로 창조주의 존재를 인정하게 된다.

그 보잘것없는 파리 한 마리, 나의 파리채 한방에 떡이 되어 문자 그대로 파리 목숨으로 사라지고 말 운명인 작은 파리 한 마리도 그럴진대 그보다 백 배 천 배는 더 고등동물인 인간의 몸이야 말할 필요도 없을 것이다.

우리 몸은 정말 신비 그 자체이다. 아무리 하잘것없어 보이는 인간이라 해도 현미경으로 들여다보면 우주의 비밀 한 가방을 몸에 지니고 사는 것이나 다름없다.

예를 들어 우리 몸에 흐르고 있을 피를 보자. 피가 붉은 것은 피 속에 든 헤모글로빈의 철 성분 때문인데, 이 철 성분은 산소와 결합하여 우리 몸 구석구석 세포에 신선한 산소를 공급해주는 역할을 한다. 만일 이 헤모글로빈 수치가 낮아지면 빈혈을 일으키고, 죽을 수도 있다. 피는 우리 몸을 46초에 한 번 돌며 산소를 비롯한 소화기관에서 만들어준 영양분을 각 세포에게 전달한다. 각 세포에 전달 임무를 끝낸 피는 다시 심장과 폐로 돌아가고 조직 속에 남은 피는 또 다른 파이프인 림프관을 통해 회수된다. 이 림프관이 잘못되어도 세포가 터져 죽는다.

피를 쉴 새 없이 순환시켜주는 심장은 1분에 약 70번, 한 시간에 4200번, 하루에 10만 번 이상을 뛴다. 심장은 우리가 엄마 배 속에 있을 때부터 뛰기 시작하여 죽을 때까지 1초도 멈추지 않으며, 얼마나 질기고 단단한 근육으로 되어 있는지 화장을 할 때도 마지막까지 타지 않는다.

이런 것은 아주 작은 예일 뿐이다. 눈(眼)만 해도 그렇다. 누구에게나 달려 있어 흔하게 생각할지 모르지만 눈의 구조와 작용은 아무리 정교한 디지털 카메라도 따라갈 수 없다. 나아가 뇌의 구조나 기능에 이르면 거의 기적에 가깝다. 이 작은 존재인 내가 우주를 생각할 수 있는 것도 뇌 덕분이다. 뿐만 아니다. 몸을 구성하는 40조의 작은 세포는 일은 지구의 화학공장 전부를 합해놓은 것보다 더 복잡하고 치밀하게 움직이고 있다. 우리 몸은 해부학적으로 뿐만 아니라 기능적으로 거의 완벽하게 설계된 화학 공장과 같다.[6]

우리 몸의 모든 기관은 따로 일하면서 동시에 유기적으로 무척 조화롭게 연결되어 있다. 정교한 장치는 어느 한쪽만 잘못되어도 탈이 나게 마련이다. 그렇다고 실망할 필요는 없다. 공장의 기계는 스스로 고칠 힘이 없지만 우리 몸은 상당한 부분을 스스로 고쳐서 다시 질서를 회복할 능력까지 갖추고 있다.

뿐만 아니라 모든 생명체는 DNA라는 암호화된 유전자를 가지고 있어 자손들을 무한히 복제할 준비가 되어 있다. 생명이 생명을 낳아가는 과정은 이 DNA의 무한한 연장이나 다름없다.

도대체 어떻게 우리들의 살아있는 몸이라는, 이런 기적 같은 것이 존재할 수 있었을까? 우주는 입자와 반입자의 미세한 차이에서 탄생했다고 한다. 첫 생명의 탄생은 그렇게 우주가 탄생할 확률만큼이나 작은 확률, 어쩌면 그보다 더 작은 확률에 의지하지 않으면 안 된다. 그렇게 아메바 형태의 생명이 탄생하였다고 하더라도 현재의 식물, 동물과 같은 생명체를 이루기 위해서는 또다시 기적이 수없이 반복되어야 한다. 그리고 그 생명체 상호간에 적자생존과 공생공존이라는 복잡하고 유기적인 관계가 형성되기 위해서는 또 다른 기적이 동시다발적으로 벌어지지 않으면 안 된다.

이런 이유 때문에 종종 진화론자들은 창조론자 앞에서 말문이 막히곤 한다. 비록 기독교의 〈창세기〉에서처럼 인격을 가진 신이 우리가 알 수 있는 목적을 가지고 세상을 만들지는 않았다 하더라도, 특별한 존재의 특별한 의지와 설계가 작용하지 않았다면 도저히 존재를 설명할 수 없는 것이 저 광대한 우주, 그리고 지구상에 살아가는 우리 같은 생명체들이다.

그러면 이토록 잘 설계된, 특별한 존재인 우리 몸은 죽고 나면 어떻게 될까?

나의 파리채에 무참히 박살이 난 순간 똥파리는 순식간에 생명체에서 그저 보통의 유기물이 되어 버린다. 생명이 빠져나가 버린 유기물은 일정한 과정, 즉 부패와 분해를 거쳐 이 우주를 구성하던 최초의 물질인 무기물로 변해나갈 것이다. 우리 몸이라고 해서 다를 바가 없다. 역시 흙으로 돌아간다. 보다 정확하게 말하면 자연으로 돌아간다. 생명이 아무리 복잡하고 몸이 살아있는 동안 아무리 신비에 가까운 기능을 발휘한다 해도 죽음과 죽음 이후는 어이가 없을 정도로 간단하다.

의학적으로 사망선고가 내려진 후 내 몸은 더 이상 특별한 존재가 아니다. 정교한 카메라인 눈은 작동을 멈추고, 뉴런 간의 정보교환에 따라 갖가지 생각들을 하여 지시를 내리던 중앙 컴퓨터, 뇌도 한 줌의 주름투성이 주머니로 변해버린다. 지금까지 나를 움직이던 화학 공장은 문을 닫고 대신 자연의 청소부인 다른 화학 공장이 들어선다. 이 공장은 몸이 부패하는 온갖 악취로 가득하다. 그것도 잠깐, 바쁘게 돌아가던 그 화학 공장도 이윽고 문을 닫고 하얀 해골이 남았다가 시간이 되면 그것마저 풍화와 함께 사라진다. 살아있는 동안 우리 몸은 생물학자나 의사의 몫이었지만 죽고 나면 생화학자들의 연구대상이 된다.

생화학자들은 우주론적 상상을 하는 사람들이다. 그들에 의하면 우리의 몸은 우주를 구성하는 96가지의 기본 물질 가운데 24가지의 원소로 구성되어 있다고 한다. 탄소, 수소, 질소, 산소가 전체의 96%를 차지하고 있고, 나머지는 칼슘, 황, 인, 칼륨, 나트륨, 염소, 마그네

슘, 코발트, 철, 요오드 등이 조금씩 들어있다. 조금씩이라지만 생명체의 기본인 단백질을 형성하는 아미노산을 만드는 데 필요한 물질들이다. 그런데 우리 몸을 구성하는 이 요소들은 모두 저 광막한 데서 벌어지는 별들의 탄생과 관련이 있다고 한다. 즉 태양과 같은 항성이 폭발하면서 우주 속으로 토해내는 여러 가지 원소들이 바로 우리 몸을 구성한다는 것이다.

이를테면 우리 몸의 적혈구에 들어있는 헤모글로빈에는 철(Fe) 성분이 포함되어 있는데, 자연 원소 중 가장 무거운 철은 가스가 엉켜 별이 만들어질 때 중심부에서 생성되는 물질이다. 이 별이 진화 과정 중 대폭발을 일으켜 우주 공간에 철 성분을 뿌려놓으면 그게 지구 같은 행성의 일부가 되고 또 그게 우리 인체의 중요한 요소로 자리 잡게 된다. 우주 대폭발, 혹은 그와 유사한 모종의 사건으로 시작된 태초로부터 지금까지, 우리 은하계의 독수리좌 성운 같은 곳에서는 아직도 그런 원소의 창조 작업이 끊임없이 벌어지고 있다고 한다.

그런 측면에서 보자면 우리는 누구나 할 것 없이 우주적 존재이다. 나의 육신을 구성하는 원소들은 태초의 대폭발과 같은 사건에서 나온 것이고, 우주 곳곳에 흩어져있는 원소와 다름이 없다. 내가 죽으면 나를 구성하는 원소들은 또 우주의 구성 요소가 되어 우주 속에 떠돌게 될 것이다. 일찍이 박정만 시인이 죽기 직전 노래한, "나는 사라진다, 저 광막한 우주 속으로……."라는 시구가 결코 과장이 아님을 알 수 있다.[7]

몸의 여행 중 생화학자들이 가장 눈여겨보는 것 중의 하나가 바로 원자번호 6번 탄소(C)의 여행이다. 탄소는 생명체인 유기물을 만드는 핵심적인 요소이다. 탄소를 포함하지 않은 유기물은 없다. 그리고 탄소 결합물 중 생명활동과 가장 직접적인 연관을 가지고 있는 것이 이산화탄소(CO_2)이다.[8]

이 이산화탄소의 여행에서 가장 선두 자리를 차지하고 있는 것은 뭐니뭐니해도 식물일 것이다. 식물의 광합성 작용에 대해서는 모두 잘 알고 있다. 식물은 대기 중의 이산화탄소를 받아 햇빛과 물을 이용해 일차적인 영양분인 녹말을 만든다. 그리고 이 식물을 토끼나 소 같은 초식동물이 먹고, 초식동물을 사자나 표범 같은 육식동물이 먹는다. 말하자면 식물과 동물은 이산화탄소의 순환이라는 커다란 범위 내에서 함께 살아가고 있는 것이다. 즉 식물이건 동물이건 이 지상에 살고 있는 한, 모든 생명체는 이산화탄소를 매개로 한 형제들이나 다름없다.

그러면 죽으면 어떻게 되는가? 죽으면 이산화탄소의 행진이 멈춰질까?

아니다. 죽고 나도 이산화탄소의 행진은 지속되며 어떤 경우에는 더욱 가속된다. 우리 몸은 죽으면 자연인 흙으로 돌아간다. 그것은 상식이다. 하지만 흙으로 돌아가기 전에 냄새를 내며 썩어가지 않으면 안 된다. 이를 도와주는 것이 박테리아 떼들이다.[9] 그리고 그때 나는 냄새가 바로 이산화탄소이다.

우리는 우리가 죽고 나서 자연으로 돌아가리라는 사실을 인정하면서도 자신의 몸이 이런 끔찍한 과정을 겪게 되리라는 것은 종종 잊어버린다. 비록 생명이 떠나 더 이상 자기라고 할 수 없을지도 모르지만, 한평생 거울을 보고 자기라고 믿었고, 병이 들세라 주름살이 질세라 살이 쪄서 흉해 보일세라 좋은 옷과 화장과 맛난 음식으로 가꾸어왔던 그 몸이 그렇게 처참하게 일그러져 가는 꼴은 상상하기도 싫을 것이다.

그런 게 싫어서 화장(火葬)을 하면 어떻게 되는가? 화장터의 화덕 속에 들어가면 우리 몸은 순식간에 한줌의 재가 되어 나온다. 불꽃 속에 들어간 몸이 이산화탄소가 되어 공기 중에 흩어지고 남은 것이 재이다. 그러니까 화장을 한다 해도 결국 우리 몸은 결국 이산화탄소로 돌아가게 된다.[10] 그리고 이 이산화탄소는 조류(藻類)와 식물의 영양소가 되어 다시 생명계 안에서 순환한다. 우리의 삶과 죽음, 나아가 우리가 몸담고 살아가는 생명계의 순환 고리는 이산화탄소를 매개로 벌어지는 영원한 줄넘기에 다름 아니다.

살아있는 동안 '나'라는 존재는 뭇 생명들을 먹어치운다. 채소 등 식물에서부터 소나 닭, 오리, 물고기 등등 내가 먹어치우는 생명은 헤아릴 수 없을 것이다. 오늘 아침에 멸치볶음을 먹은 사람이라면 한꺼번에 수백 내지 수천의 생명을 먹어치운 셈이다. 그러니까 다시 생각하면 그런 내가 죽은 다음 뭇 생명들에게 몸을 내어놓는다 하여 조금도 억울할 게 없을지 모른다.

이렇듯 살아있을 때나 죽고 난 이후에나 우리의 몸은 이산화탄소의 긴 여행이며 순환이며 삶과 죽음, 먹음과 먹힘은 모두 이산화탄소의 순환 고리 속에 존재한다. 이산화탄소라 했지만 엄밀히 말하자면 탄소이다.

탄소 입자가 생명체를 이동하며 돌아다니는 지표면의 이 영역을 일반적으로 '생물권(biosphere)'이라고 부른다. 생물권은 굳게 닫혀 있기 때문에 그 탄소가 사자의 몸에 있건 버팔로의 몸에 있건 그 속에서만 돌아다닌다. 한국은행권이 이 사람 저 사람 손에 돌아다녀도 대한민국 안에서 돌아다니는 것과 같다. 이렇게 생명권에서 돌아다니던 탄소가 마침내 이 역동적인 생물권에서 벗어나게 되기까지는 거의 10만 년이 걸린다고 한다.

지표의 생물권을 벗어난 탄소는 땅 속 깊숙이 들어가 우리가 잘 아는 석탄과 석유가 되어 다시 등장하기까지 수억 년을 기다린다. 우리가 지금 태우고 있는 석탄은 공룡시대 늪지에서 자라던 양치류와 이끼의 흔적이며 석유는 그때 죽은 동물의 사체이다. 생물권과 무생물권은 이렇게 다시 교류를 하는 것이다.

이렇게 볼 때 우리의 몸은 그저 남의 생명을 먹고 자라서 남의 먹이가 되는 순환 과정의 한 순간일 뿐이다. 빌린 만화책을 내 거라고 하고, 내 이름을 써놓고, 그거 없으면 죽을 것 같이 군다면 누구에게나 비웃음거리가 될 것이다. 마찬가지로 이 변화하는 과정의 우연한 집합물인, 곧 흘러가버릴 몸을 두고 내 거라고 하고, 내 이름을 붙여

놓고, 그것 아니면 모두가 무로 돌아갈 것 같이 군다면 그것 역시 비웃음거리가 되지 않겠는가.

생화학자들의 눈으로 보자면 우리 몸은 고정된 실체가 아니다. 분자와 원자의 끝없는 순환 도중에 생겨난 일시적인 조합, 일시적인 덩어리에 불과할 뿐이다.

성인의 몸에서는 초당 10만 개의 세포가 죽고 다시 태어난다. 이 계산대로라면 우리 몸의 세포는 1년에 한 번 완전히 바뀐다고 할 수가 있을 것이다. 특히 피부세포와 장 내벽의 세포는 교체가 빨라 그 회전율이 거의 일주일 미만이라고 한다. 어제 '너'에게 속해있던 원소가 오늘 '나'의 원소가 되어 있을 수도 있고, 수천 년 전에 죽었던 파라오의 내장에 있던 원소가 지금 내 눈 세포에 들어와 있을 수도 있다는 이야기다.

또한 우리의 몸 세포 안에 존재하는 분자와 원자는 생화학적으로 활성화되어, 현미경으로 보면 어지러울 정도로 들락날락거리고 있다. 분자 안에서 원자들을 엮어주는 전자 결합은 수시로 깨어지고 다시 형성된다. 우리 몸은 이러한 것들의 일시적 배열로 구성되어 있다가 죽음을 통해 깨어지는 것이다. 화학적으로 질서 있게 구성된 우리 몸은 엔트로피의 법칙에 따라 질서로부터 무질서 상태, 즉 엔트로피가 제로인 삶으로부터 엔트로피가 무한대인 죽음으로 가는 것이 필연이다.

그래서 어떤 생물학자는 우리 몸이란 고정된 덩어리라기보다는 차라리 흐르는 소용돌이에 가깝다고 했다. 그들은 비록 종교인이나 철학자는 아니지만 내가 나라고 믿고 있는 육체적 '나'란 것이 허상에 불과할지도 모른다는 생각을 갖게 만든다.

몸, 마음, 영혼

몸이 이산화탄소의 형태로 영원히 순환한다고 해서 우리가 위안을 받는 것은 아니다. 그것은 생명이 사라진 이후의 세계에 관한 이야기이고, 거기에 '나'는 이미 존재하지 않는다. 내 몸을 구성하던 요소들이 우주 속에 영원히 떠다닌다고 하여 내가 영원한 존재가 되는 것은 아니다.

나는 몸으로 이루어져 있지만 나의 죽음은 몸의 죽음 이상이다. 다시 말해 몸은 나이지만 몸은 어디까지나 몸이며 몸이 나의 전부는 아니다. 필요조건이지 충분조건은 아니라는 뜻이다. 나라는 존재가 자기 동일성(self-identity)을 갖기 위해서는 단지 몸만 있어서는 안 된다. 나에게 죽음은 의학적이고 생화학적인 차원을 넘어선 사회적이며 문화적인 현상이며, 자신의 죽음을 인식하고 사색할 수 있다는 점에서 철학적인 현상이기도 하다.

앞에서 살펴본 바와 같이 몸의 죽음에 관한 한 사실 나나 똥파리나 별반 다를 바가 없다. 똥파리는 유기체인 몸의 형태로 생명을 가지고 활동하다가 죽으면 분해되어 무기물로 돌아간다. 나도 마찬가지다. 생화학자들의 관찰 대상으로서의 나와 파리는 크게 보자면 그게 그거다. 때로 사람이 죽고 사는 것을 파리 목숨에다 비유하는 것도 그런 이유에서다.

그러나 사람은 결코 파리가 아니다. 내가 아무 양심의 거리낌 없이 파리채를 휘둘러 파리를 죽일 수 있는 것도 파리가 사람과는 다르기 때문이다.

그러면 사람과 파리의 차이는 무엇일까. 우리는 왜 같은 생명이면서 사람이 죽는 것은 어마어마한 일로 치면서 파리가 죽는 것에 대해서는 애도하는 마음이 손톱만큼도 일지 않는 것일까.

여러 가지 의견이 있을 수 있겠지만 그중 하나는 우리가 인간에겐 영혼이 있다고 믿기 때문이다. 굳이 영혼이라 하지 않더라도 우리에게 희로애락을 느낄 수 있는 마음이 있다는 것은 누구나 동의하는 바일 것이다. 만일 똥파리에게도 희로애락을 느낄 수 있는 마음이 있다고 해보자. 히틀러 같이 광적인 살인 취미를 가지고 있지 않은 한 차마 그것들에게 함부로 파리채를 휘두르지 못할 것이다.

그러니까, '나'라고 하는 존재에는 눈에 보이는 몸만 있는 것이 아니라 눈에 보이지 않는 마음이 있다는 말이다. 우리는 마음이 움직이는 것은 분명히 느낄 수가 있다. 기뻐하고, 슬퍼하고, 성내고, 놀라고, 걱정하고, 생각하고, 두려워하는 것은 모두 마음의 작용 때문이다. 이것을 유교에서는 칠정(七情)이라 하였고, 여기에 더하여 측은하게 여기거나, 부끄러움을 느끼거나, 겸허히 남과 나누려 하거나, 옳고 그름을 가리고자 하는 것을 사단(四端)이라 하여 그것이 인간으로 하여금 다른 동물과 구분되게 하는 것이라 했다.[11] 이 사단과 칠정은 모두 마음의 작용에서 비롯하는 것이다.

영혼의 존재를 믿지 않는 불교에서도 이 마음의 존재만은 거의 절대적이다. 《화엄경》에 '일체유심조(一切唯心造)'라는 말이 있다. 이 세상의 모든 것은 모두 마음이 만들어낸 것이니 마음먹기에 달려있다는 뜻이다.

우리가 잘 아는 원효대사 이야기도 그런 내용이다. 전하는 이야기에 따르면 원효는 도반(道伴)인 의상과 함께 중국으로 유학을 가던 중, 밤에 동굴에서 잠을 자다가 목이 말라서 바가지에 있던 물을 마셨다. 꿀맛 같은 물이었다. 그런데 다음 날 일어나보니 바가지는 바가지가 아니라 해골이었고, 꿀맛처럼 마셨던 물은 해골에 고여 있던 빗물이었다. 이에 모든 것은 마음에 달려 있다는 것을 문득 깨달은 원효는 중국행을 포기하고 신라에 남아 큰 스님이 되었다는 이야기다.

불교에는 유식(唯識)론이라는 것이 있다. 모든 것은 공(空)하며 오로지 인식만이 있다는 견해다. 여기서 식(識)을 일으키는 주체 역시 마음이다. 불교 경전에 유달리 마음 심(心) 자가 많이 들어 있고, 스님

네의 방 벽에 커다랗게 쓴 마음 심(心) 자 붓글씨 걸개가 많이 걸려있는 것도 그런 이유에서이다.

서양에서 프로이트나 칼 융 같은 심리학자들이 연구해온 것도 이 마음이 움직이는 복잡한 메카니즘이다. 마음속에는 성적인 욕구가 숨겨져 있는가 하면, 수억 년 내려온 집단적 형태의 기억도 있다. 키에르케고르식의 불안도 있고, 원초적인 두려움도 있다. 이런 심리적 현상이 몸과 어떤 관련이 있는가는 차치하고라도 몸과 분명히 다른 또 하나의 메카니즘으로서 마음이 있다는 것은 부정할 수가 없을 것이다.

우리가 '마음'이라고 통칭하여 부르는 것에는 여러 가지 이름이 있고, 이름에 따라 성격도 조금씩 달라진다. 이를테면 정신은 마음일까, 아닐까? 영어로 써보면 더욱 분명해진다. 마음은 일반적으로 'mind'라 하고 정신은 보통 'spirit'라고 하는데, 'spirit'라는 단어 속에는 정신뿐만 아니라 영혼이라는 의미도 들어 있다. 철학에서 말하는 이성, 'reason'도 넓은 의미에서 정신 작용의 일종이니까 마음의 영역에 넣어야 마땅할 것이다. 우리가 표현하는 애정이나 분노 같은 감정, 'feeling'도 마음의 영역에 포함된다. 이렇게 보자면 마음이란 엄청난 영토를 가진 영향력 있는 군주와 같다. 유물론자들이 들으면 좋아하지 않을 테지만, '일체유심조(一切唯心造)'라고 선언하여도 별로 틀리지 않을 것 같다.

몸과 마음의 관계는 흔히 자동차와 운전수로 비유된다. 차가 없으면 운전수는 가고 싶어도 갈 수가 없다. 마찬가지로 아무리 정교하게 만들어진 자동차라 해도 운전수가 없다면 저 혼자서 갈 수는 없다. 운전수 없는 자동차는 고철이나 다름이 없고, 자동차 없는 운전수는 유령이나 다름이 없다. 그럼에도 불구하고 사람들은 대체로 운전수의 편에 서는 걸 좋아한다. 차의 주인은 어디까지나 운전수이고, 차를 어디로 몰고 갈 것인지도 운전수가 결정한다고 말이다. 심지어 어떤 사람들은 운전수에 따라 차의 상태를 좋게 할 수도 있고 나쁘게 할 수도 있다고 믿는다.

이렇게 어마어마한 존재이자 작용인 마음은, 우리가 살아있는 동안 어디에 있으며 우리 몸이 죽으면 어디로 가는 것일까?

가장 간단한 대답은 마음을 일컬어 영혼이라고 하고 몸이 죽으면 영혼은 천국이나 지옥으로 간다고 하는 것이다. 우리가 교회 같은 데에서 흔하게 듣는 대답이다.

그런데 문제는 그렇게 간단하지가 않다. 마음과 영혼은 다르다. 이를테면 똥파리보다 더 고등한 까마귀에게는 영혼은 몰라도 마음은 있다. 까마귀는 소리의 조합, 깃털을 세운 모양, 몸짓 등을 통해 매우 정확하게 의사를 전달한다고 한다. 그래서 까마귀를 오랫동안 관찰해온 사람이라면 그들이 표현하는 분노, 애정, 허기, 호기심, 장난기, 두려움, 대담성, 그리고 드물게 침울함까지 구분할 수 있다고 한다.[12]

집에서 기르는 소나 말이나 개 역시 감정을 가지고 있고 그것을 표현할 줄 안다는 것은 자명하다. 내 제자 중에 애완용 뱀을 기르는 괴상한 취미를 가진 친구가 있었는데 이 친구는 뱀에게도 마음이 있다고 주장했다. 애정을 표현할 줄도 알고 겁도 내며 심지어는 삐치기도 한다는 것이다. 믿든 안 믿든 자유라는 말까지 하면서…….

이런 감정의 표현은 돌고래나 코끼리의 경우에는 더욱 선명하게 드러난다. 코끼리는 동료가 죽었을 때 슬퍼하는 뜻으로 그 주검 곁에서 오랫동안 배회하면서 애도하기도 한다. 그들은 훨씬 복잡한 감정의 소유자임에 틀림없다.

인간과 가까운 유인원인 고릴라나 침팬지는 더할 나위가 없다. 평생 그들을 연구해 온 제인 구달(Jane Goodall)이나 다이앤 포시(Dian Fossey) 같은 학자들에 의하면 침팬지나 고릴라는 차원 높은 집단 생활을 하며 인간과 거의 다름없는 감정을 가지고 있다고 한다.

감정을 가지고 있고 감정을 표현할 수 있다는 것은 그들에게도 마음이 있다는 뜻이다. 연민이나 부끄러움, 정의감, 시비지심 같은 높은 차원의 사단(四端)은 몰라도 적어도 희로애구애오욕(喜怒哀懼愛惡慾) 같은 칠정(七情)은 가지고 있을 것이다.

반면 파리나 벌 같은 곤충들에게는, 미안하지만 마음이란 것이 없다고 한다. 얼른 보면 그들도 생각이 있고 마음이 있는 듯이 보이지만 그들은 그저 본능(instinct)에 따라 움직이고 있을 뿐이다.

곤충학자 파브르는 땅말벌 관찰을 통해 이것을 보여주었다. 땅말벌은 매우 용맹하고 영리하여, 커다란 여치를 독침으로 마비시켜 산체로 굴로 끌고 간다. 이때 땅말벌은 여치의 더듬이나 기다란 수염을 물고 당기는데, 파브르는 그 더듬이와 수염을 가위로 잘라보았다. 그러자 그 영리하던 땅말벌은 일순간 바보라도 된 것처럼 여치 주위를 헤매다가 결국 포기하고 날아가버렸다. 더듬이나 수염 대신 가느다란 다리나 꽁지를 물어서 끌고 가도 되건만, 본능은 오로지 더듬이나 수염 부위를 물고 가도록 프로그램되어 있었기 때문이다.

그런 그들에게 감정을 표현할 수 있는 '마음'이 있다고는 믿기 어렵다. 그러므로 나는 안심하고 별 죄책감 없이 그들에게 파리채를 휘두를 수 있는 것이다.

몸과 차원이 다른, 혹은 별도의 존재인 마음이 존재한다면, 몸이 죽으면 마음은 어떻게 되는가? 소의 마음은 어디로 가고 나의 마음은 어디로 갈까?

유물론자들에 의하면 답은 간단하다. 우리 몸이 죽는 순간 우리 마음도 죽는다. 아무리 마음을 잘 갈고 닦아 명경 같이 만든다 한들 그것은 몸이 살아있을 때일 뿐, 몸이 죽고 나면 그 몸에 타고, 몸을 끌고 다니던 마음 역시 사라지고 마는 것이다. 따라서 유심론을 주장하는 사람도 마지막 순간엔 유물론자에게 무릎을 꿇을 수밖에 없는 것이다.

그러나 유심론이 그냥 패배를 맞는 것이 아니다. 유심론이 빠져나갈 길이 하나 있다. 바로 '영혼'이란 존재이다. 영혼의 존재를 믿는 사람들은 기쁨과 슬픔, 숭고함이나 거룩함과 같은 모든 마음의 작용이 이 '영혼'이란 존재 속에서 몸의 죽음과 상관없이 계속해서 이어진다고 믿는다. 철학자 소크라테스가 소신을 갖고 독배를 들 수 있었던 것도 영혼의 존재에 대한 굳건한 믿음 때문이었으며, 로마 시대 수많은 순교자들이 기꺼이 사자의 이빨 앞에 몸을 내놓을 수 있었던 것도 사후 영혼이 하늘나라로 가게 될 거라는 믿음 때문이었다. 오늘날 극단적인 이슬람 테러분자들이 몸에 폭탄을 감고 자살 공격에 나서는 것도 영혼이 살아 구원받을 수 있다는 믿음 때문이다.

물론 마음을 가졌다고 하여 모두 영혼을 가진 것은 아니다. 까마귀나 침팬지, 고릴라 등은 마음은 가지고 있지만 그들이 영혼을 지녔다고 믿는 사람은 많지 않다.

이 애매한 존재인 '영혼'은 종교적 신앙과 밀접한 관계를 가지고 있다. 모든 종교는 영혼의 존재를 믿는다. 영혼은 살아있는 동안 몸과 더불어 있지만 몸과는 독립적이다. 몸은 죽어도 영혼은 여전히 다른 형태로 존재한다. 몸이 죽고 끝이라면, 영혼이 없다고 한다면 세상의 어떤 종교도 성립하지 못했을 것이다. 영혼이 있기 때문에 내세도 있고 윤회도 가능하다. 영혼이 있기 때문에 지옥이나 천당도 존재할 수 있고, 사후 심판도 할 수 있다. 영혼이 있기 때문에 우리는 죽은 후에 단지 끝나는 것이 아니라 '불멸'로 가는 또 하나의 문 앞에 서게 되는 것이다.

하지만 영혼도 사후세계도 없으며 죽으면 모든 것은 영원히 무로 돌아간다고 믿는다고 해서 꼭 나쁜 것만은 아니다. 모든 짐을 내려놓고 무로 돌아가는 것 역시 즐거움일 수 있다. 죽음이 주는 위안은 유물론자에게도 있다.

영혼이 있나 없나는 증명할 길이 없으며 따라서 논쟁 자체가 무의미하다. 그것은 종교적, 혹은 사회문화적인 믿음의 체계 안에서 사람들이 무엇을 선택하고 믿는가 하는 문제이다. 각자가 선택한 믿음의 체계에 따라 죽음에 대한 태도가 확연히 달라진다. 그리고 죽음에 대한 태도는 생에 대한 태도를 결정한다. 그것이 바로 생사관(生死觀)이다.

소크라테스의 죽음,
인류에게 축배를!

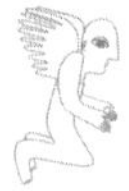

세계 4대 성인 중 죽기 전에 가장 말을 많이 한 사람은 철학자 소크라테스다. 아마 그처럼 죽기 직전까지 줄기차게 이야기하고, 줄기차게 주위에 말을 건넨 사람도 없을 것이다. 그것도 아주 고차원적이고 철학적인 주제를 가지고 말이다. 보다 못해 그에게 사형을 집행할 간수가 소크라테스의 친구에게 제발 저 사람 말 좀 그만 하게 해달라고 부탁해야 했다.

이 유머러스하기까지 한 상황은 그의 친구이자 제자인 클리톤의 입을 통해 전해진다.

"소크라테스. 자네에게 독약을 줄 책임을 진 간수가 전하길 제발 말 좀 적게 해 달라는구먼. 말을 많이 하면 열이 오르고, 열이 오르면 독약의 약효가 떨어져 두 번 세 번 마시지 않으면 안 된다고 하네."

그러자 소크라테스, 화를 벌컥 내며 말했다고 한다.

"아, 그 친구. 조금 참아달라고 하게나. 안 되면 두 번 세 번 마셔주면 될 것 아닌가."

독약이 무슨 오렌지 주스도 아니고……. 이쯤 되면 할 말이 없다.

나는 소크라테스의 《대화록》을 젊은 시절 감옥에서 읽었는데 이 부분에서 그만 혼자 웃지 않을 수가 없었다. 무슨 하고 싶은 이야기가 그렇게도 많았을까? 문 앞에서 그를 기다리고 있는 죽음이 알면 기분 나쁠 일이 아닌가.

본론으로 들어가기 전에 잠깐, 그러면 4대 성인 중 죽기 전에 가장 말을 적게 한 사람은?

아는 사람은 다 알겠지만, 물론 예수님이다. 기록에 의하면 그분은 십자가에 못 박혀 죽기 직전 "엘리 엘리 라마사박다니." 곧 "나의 하나님, 나의 하나님, 어찌하여 나를 버리셨나이까." 했다고 했고, 혹은 어떤 기록에는 "다 이루었도다!"라고 소리를 치셨다는데, 그게 전부다.

주지하다시피 예수님은 어처구니없는 죄명으로 십자가형을 당하셨는데, 신기하게도 자신을 변호하는 말도 자기를 죽이려 드는 어리석은 자들을 꾸짖는 말도 없었다고 한다. 총독인 빌라도를 향해서건, 유대의 대제사장과 그를 추종하는 답답한 대중들을 향해서건 결국 한 말씀도 하지 않은 채 끔찍한 십자가의 형벌을 받으셨다.

평소에 말이 없으신 분이어서 그랬을까? 아니다. 그가 얼마나 뛰어난 언변가요, 다변가인가는 성경이 잘 이야기해주고 있다. 오죽하면

"태초에 말씀이 있었다."의 '말씀'이 바로 그분이었다는 구절이 〈요한복음〉에 실려 있을 정도일까. 먼지 앉은 옷을 입고 갈릴리 호숫가 언덕에 앉아 자기처럼 가난하고 희망 없는 식민지 유대 백성을 향해 금과옥조 같은 복음을 청산유수로 설한 분이었고, 바리새인들의 공격적인 질문을 한마디로 받아넘겨 꼼짝 못하게 했던 분이었다. "너희 중에 죄 없는 자는 저 여자에게 돌을 던져도 좋다."는 말만으로 간음한 여자에게 돌을 던지던 군중을 모두 슬금슬금 도망치게 만들기도 하지 않았던가. 그렇게 말 잘하시던 분이 정작 억울하기 짝이 없는 죽음 직전에는 꿀 먹은 벙어리처럼 한마디 변명도 하지 않았던 것이다. 왜 그랬을까?

정답은 사랑이다. 소크라테스는 철학자였고, 철학자에게 제일 중요한 덕목은 진리와 정의다. 진리와 정의를 변호하기 위해서는 많은 말들이 필요하다. 하지만 사랑에는 변명도 변호도 필요가 없다. 연민과 용서, 침묵만이 있을 뿐이다.

예수님에 대해서는 다음에 또 말할 기회를 갖기로 하고 다시 소크라테스로 돌아가보자. 죽음 직전의 소크라테스가 수다스럽게(?) 한 말들은 제자인 플라톤이 남긴 《대화록》 중의 한 편인 〈파이돈〉[13]에 잘 나타나 있다. 다시 말해 〈파이돈〉은 철학자 소크라테스가 죽음에 이르는 과정의 기록이자 죽음에 대한 그의 생각을 담아놓은 책이다.

철학자 소크라테스는 당시 아테네의 젊은이들을 선동했다는 죄목으로 사형 선고를 받았다. 요즘 말로 하자면 정치범이었던 셈이다. 그가 얼마나 열심히 살았는가는 그가 자신을 일러 '잠자는 아테네를 깨우는 등에와 같은 존재'라고 표현한 데서도 잘 나타난다. 등에란 말에 붙어살면서 말을 괴롭히는 곤충이다. 그는 자신이 게을러빠진 아테네의 정신을 바로 차리게 만드는 등에 같은 존재라 말한 것이다.

그때 그의 나이 칠십이었다. 이 고령의 초라한 늙은이를 굴복시키기 위해 굳이 죽일 필요는 없었을지도 모른다. 더구나 감옥이 허술해 마음만 먹으면 얼마든지 제자들의 도움을 받아 도망갈 수도 있는 상황이었다. 그러나 그는 그렇게 하지 않았다. 자기가 도망을 가면 반대자들이 옳았다는 증명을 해주는 꼴이라고 하면서…….

그런데다 그는 죽음이 일종의 자유라고 생각했다. 우리 모두가 두려워하고, 공포스러워하고, 외면하고 싶은 그 죽음이 말이다.

기원전 469년 석공인 아버지와 산파인 어머니 사이에서 태어난 소크라테스는 젊었을 땐 아버지를 따라 석공 일도 하고, 전쟁에는 졸병으로 참가해 밤새 보초를 서보기도 한 사람이었다. 그러나 그가 일흔이 되어 죽음을 맞이할 쯤에는 위대한 영혼을 지닌 철학자, 곧 죽음도 두려워하지 않는 철학자가 되어 있었다.

제자인 플라톤이 기록한 것으로 알려진 〈파이돈〉은 소크라테스가 감옥에서 독배를 들고 죽을 때 마침 그 현장에 있었던 파이돈이 그 자리에 없었던 친구 에케크라테스에게 이야기를 전해주는 형식으로 되어 있는데, 마치 지금의 우리에게 그 현장을 생중계라도 하듯 자세하고 생생하게 그의 죽음이 이루어지는 과정과 그가 그것을 받아들이는 과정을 그려놓고 있다.

파이돈은 친구에게 이렇게 말했다.

"나는 그의 곁에 있는 동안 이상한 느낌이 들었다네. 왜냐하면 거기 있는 동안 나는 죽음을 앞둔 사람의 임종 자리에 있다는 생각이 거의 믿기지 않았고, 따라서 에케크라테스, 이상하게 그가 가엽다는 생각도 전혀 들지 않았다네. 그는 조금도 두려운 빛을 나타내지 않았어. 그의 말이나 태도는 너무나 고상해서 나는 그가 오히려 축복을 받았다고 생각을 했을 정도였다네."

독배를 마시던 날 소크라테스의 제자들과 친구들은 그가 있던 감옥으로 아침 일찍 찾아갔다. 형 집행은 그날 해가 저물 무렵에 있을 예정이었다. 소크라테스는 아무런 동요 없이 태평한 모습으로 그들을 맞았다. 악처의 대명사로 시중에 너무나 잘못 알려진(거룩한 분들의 아내들은 대체로 악처라고 소문이 나기 쉽다) 그의 아내 크산티페가 아이들을 데리고 먼저 와 있었다.

"우리가 감옥으로 들어가보니 소크라테스는 방금 사슬에서 풀려나 있었고, 그 옆에는 당신도 잘 아는 크산티페가 아이들을 안고 있었다네. 크산티페는 우리를 보자 참고 있던 울음을 터뜨렸어. 그러자 소크라테스가 클리톤을 바라보며 말했다네. '클리톤. 누구를 시켜 저 사람 집으로 좀 데려다 주게.' 그래서 클리톤의 하인 한 사람이 가슴을 치며 통곡하는 크산티페를 데리고 밖으로 나갔다네."

보통 사람이 아닌 철학자 소크라테스와 그저 보통 사람일 뿐인 부인 크산티페의 모습이 잘 드러나는 장면이 아닐 수 없다. 크산티페가 나가고 나자 소크라테스는 굳어있던 발을 문지르며 찾아온 친구와 제자들과 함께 평소와 다름없는 마지막 대화, 곧 '죽음'을 주제로 한 이야기를 나누기 시작했다. 아주 평화롭고 태평한 모습으로…….

도대체 소크라테스는 무엇을 믿고 사형 당일도 그렇게 태평할 수 있었을까?

소크라테스에 의하면 인간은 영혼과 육체로 이루어져 있다. 그리고 죽음이란 영혼과 육체가 분리되는 것을 말한다. 그런데 육체는 고통이나 쾌락으로부터 자유롭지 못하며 인간에게 온갖 감각과 욕망의 노예가 될 것을 강요한다. 육체는 우리의 마음속을 애욕과 욕망과 공포와 모든 종류의 환상과 끝없는 어리석음으로 가득 차게 만들고, 사유의 힘을 완전히 빼앗아가 버린다.

소크라테스는 묻는다. 전쟁이나 불화나 분쟁은 왜 일어나는가? 그리고 스스로 대답한다. 전쟁은 돈을 좋아하기 때문에 벌어지고, 돈은 오로지 육체를 위해, 육체를 돌보기 위해 필요한 것이다.

요컨대 육체는 영혼의 감옥이라는 것이다. 이 감옥으로부터 영혼을 해방시켜주는 것이 바로 죽음이다. 죽음이 발생함으로써 영혼은 비로소 육체로부터 해방되고 독립된다. 죽음을 통해서만 영혼은 비로소 궁극적인 지혜에 도달할 수 있고 세상의 순수한 실체를 볼 수가 있다.

그러므로 참된 철학자는 "항상 죽음을 연습하고 있으며 따라서 죽음을 가장 두려워하지 않는 사람들"이라는 것이다. 그런 고로 "죽음이 다가오는 것을 슬퍼하거나 주저하는 사람이 있다면 그는 지혜를 사랑하는 자가 아니라 돈이나 권력, 혹은 그 둘을 다 사랑하는 자일지 모른다."고 하였다.

죽음 예찬론도 이만저만한 예찬론이 아닌 셈이다. 하지만 자살에 의한 죽음만은 단호히 반대한다. 인간에게는 그런 선택권이 없다는 것이다. 내 생명은 나의 것이 아니라, 신과 같은 거룩한 존재에 속한 것으로 내 마음대로 처분할 수 있는 것이 아니기 때문이라고 한다.

그러면 소크라테스가 그토록 강력하게 믿었던, 죽음조차 두려워하지 않게 해주었던 '비빌 언덕' 즉 육체로부터 해방된 영혼이란 무엇인가? 인간을 육체와 영혼의 이분법으로 나누어 볼 때, 영혼이란 것은 죽고 살고 하는 육체와는 아주 다르다. 영혼은 불멸, 즉 죽지 않는다. 이른바 영혼불멸설이다.

소크라테스는 말했다. 모든 죽은 것은 산 것으로부터 나오며 반대로 모든 산 것은 죽은 것으로부터 나온다. 우리가 지금 알고 있는 모든 것은 이전에 이미 우리가 알고 있던 것이며, 현재 우리가 알고 있는 것 역시 우리의 죽음 이후에도 어떤 형태로 남아있게 된다. 영혼 역시 우리가 태어나기 전에 존재했던 것으로, 우리가 죽고 나서도 바람에 날려가듯 흩어져 사라지는 것이 아니라 어떤 형태이든 여전히 존재해야 하는 것이다.

"곧 영혼은 신적인 것에 매우 흡사하고, 불멸하며, 예지적인 것이며, 단일한 형태를 갖고 분해되지 않으며, 변화되지 않는 것이다. 그에 비해 육체는 가장 인간적인 것이며, 사멸되어야 하고, 예지적인 것이 아니며, 많은 형태를 가졌고, 분해되며, 변화하는 것이다."

그러므로 철학자는 살아있는 동안에도 이 영혼이 맑고 깨끗하고 지혜로운 상태를 유지할 수 있도록 노력해야 하고, 종국에는 육체를 떠나 영혼 그 자체의 순수함으로 돌아갈 준비를 하고 있어야 한다. 그것이 죽음일진대 무엇이 두렵고 슬프단 말인가!

소크라테스는 이 모든 믿음과 신념을 제자들과의 대화를 통해 철학적으로, 그리고 논리적으로 증명해 보이고 있다. 그러고 나서 그는 태연히 독배를 들었던 것이다.

이제 이 위대한, 그리고 지혜로운 철학자의 마지막 장면을 한번 들어보자.

> "소크라테스는 이 말을 마치고 일어나 목욕을 하기 위해 방으로 들어갔다네. 클리톤은 그를 따라 들어가며 우리들에겐 기다리라고 말했다네.

그래서 우리는 그대로 있으면서 지금까지 토론해왔던 것에 대해, 그리고 우리의 슬픔이 얼마나 큰 것인가에 대해 이야기하며 생각에 잠겼어. 소크라테스는 우리의 아버지와 같은 존재였는데 이제 우리는 그를 여의고 여생을 고아처럼 지내게 될 것이 아닌가.

그가 목욕을 마치고 나자 그의 자식들이 그를 만나러 왔다네. 그리고 집안의 부인들도 왔다네. 그는 클리톤이 있는 자리에서 그들과 몇 마디 말을 나누고, 몇 가지 지시를 했네. 그들을 보낸 다음 그는 다시 우리가 있는 곳으로 되돌아왔어. 그가 방안에 있는 동안 상당한 시간이 흘렀기 때문에 이제 해가 질 시간이 가까워졌다네. 목욕을 마치고 나온 그는 다시 우리와 함께 앉아 있었지만 말은 별로 하지 않았다네. 곧 간수가 들어와서 그의 앞에 서서 말했어.

'소크라테스. 저는 당신이 지금까지 이곳에 온 모든 사람 중에서 가장 고상하고, 가장 점잖으며, 가장 훌륭한 분임을 알고 있습니다. 다른 사람들은 제가 상관의 명령에 따라 독약을 마시라고 하면 화를 내고 저에게 저주를 퍼붓기도 하지만 당신은 절대 그럴 분이 아니란 것도 알고 있습니다. 당신도 아시다시피 이런 일로 비난을 받아야 할 사람은 제가 아닙니다. 당신도 이해하실 겁니다. 그러면 안녕히 가십시오. 운명의 짐을 가볍게 감당하시기 바랍니다. 제가 무슨 심부름을 왔는지 아실 테니까, 드리는 말씀입니다.'

말을 마친 간수는 눈물을 훔치며 돌아섰다네. 그때 소크라테스는 간수를 향해 말했어.

'자네도 잘 있게. 나도 편안한 마음으로 가겠네.'

간수가 나가자 그는 우리를 돌아보며 말했다네.

'참 좋은 사람이야. 내가 감옥에 있는 동안 그는 늘 나를 찾아와 이야기를 나누곤 했다네. 나에게 참으로 친절했어. 그리고 지금도 나를 위해 찾아와 진심으로 눈물을 흘려주지 않는가. 그러니 우리는 그가 하라는 대로 하지 않으면 안 되네. 자, 그럼 독약이 준비되었으면 잔을 가져오라고 하게.'

그러자 클리톤이 말했다네.

'아직 태양은 산마루에 있어요. 그리고 대부분의 사형수들은 시간이 훨씬 지나서야 독약을 마셔요. 그러니 서두르지 마시기 바랍니다. 아직 시간은 충분해요.'

그러자 소크라테스가 다시 말했다네.

'알았네. 자네가 말한 그런 사람들은 그렇게 행동하는 것이 당연하겠지. 시간을 지연시킴으로써 얻는 것이 있다고 믿는 사람들일 테니까. 그러나 나는 독약을 조금 늦게 마신다고 무슨 이익이 있을 거라고 생각지 않네. 제발 내 말대로 해주게나.'

그러자 클리톤은 옆에 있던 하인에게 신호를 했어. 하인은 밖에 나갔다가 잠시 후 독배를 든 간수와 함께 들어왔다네. 소크라테스는 간수에게 말했다네.

'나의 좋은 친구여, 자네는 이런 일에 경험이 많을 테니까 내가 어떻게 하면 되는지 가르쳐주게나.'

간수가 대답했어.
'다리가 무거워질 때까지 걷기만 하면 됩니다. 다리가 무거워지면 누우십시오. 독약이 효과를 내기 시작할 것입니다.'
말을 마치자 그는 잔을 소크라테스에게 주었네. 소크라테스는 태연하고 온화한 태도였고, 조금도 두려운 빛을 내지 않았으며 안색이나 표정이 변하지도 않았네. 그리고는 잔을 입술에 대고 유쾌한 표정으로 독약을 마셨어.
그때까지 우리는 슬픔을 억누르고 있었지만 이제 그가 독약을 마시기 시작하자 더 이상 참을 수가 없었다네. 나도 모르게 눈물이 줄줄 흘러내렸네. 소크라테스를 위해서라기보다는 그런 벗과 헤어져야 하는 나의 불운이 슬퍼서 울었던 것이었어. 나만 그런 게 아니었다네. 클리톤은 눈물을 억제할 수 없게 되자 일어나서 밖으로 나갔고, 아폴로토로스는 큰 소리로 처절하게 통곡을 했다네. 소크라테스만이 침착하더군.
'이 이상한 울음소리는 뭔가? 내가 여자들을 내보낸 건 이런 부끄러운 행동을 못하게 하기 위해서였네. 나는 사람은 조용히 죽어야 한다는 말을 들었네. 그러니 다들 좀 참게나.'
우리는 이 말을 듣고 부끄러워 눈물을 삼켰다네. 그는 이리저리 걸어다니다가 다리가 힘이 없어지기 시작한다고 하면서 자리에 누웠네. 간수가 가르쳐준대로 한 것이지. 간수는 가끔 들어와 그의 다리와 발을 관찰하였네.
잠시 후 간수는 그의 발을 세게 누르면서 감각이 있느냐고 물었다네. 소크라테스는 없다고 말했네. 그 다음에는 다리를 눌러보고 차츰 위로 올라가면서 눌러보더니 간수는 차츰 몸이 차가워지고 굳어지고 있다는 것을 시늉으로 알려주었네. 소크라테스 자신도 그것을 알고 있다는 듯이 말했다네.

'독이 심장까지 미치면 마지막이네.'

하반신이 마비되기 시작했을 때 소크라테스는 얼굴 가린 것(그는 그때 관례대로 얼굴을 수건으로 가리고 있었네)을 들치고 말했다네.

'참, 클리톤. 나는 아스클레피오스에게 닭 한 마리를 빚졌네. 기억해두고 있다가 내 대신 꼭 좀 갚아주게나.'

'그러지요. 꼭 갚아주겠어요. 더 하실 말씀은 없나요?'

클리톤이 말했네. 그러나 더 이상 소크라테스는 대답이 없었네. 일이 분 후에 몸이 약간 움직였을 뿐이었어. 간수가 그의 얼굴 가린 것을 벗겨내었네. 소크라테스의 눈은 더 이상 움직이지 않았다네. 클리톤은 그의 눈을 감기고 입을 다물게 했다네."

이것이 서양 정신의 발원이자 4대 성인 중의 한 분이신 위대한 철학자 소크라테스의 마지막 모습이다. 어떤 이는 이 장면을 두고 그가 '인류를 위해 축배'를 들었던 것이라 한다. 두려움과 불안, 비굴함을 떨치고, 어두운 죽음의 경계를 넘어, 마침내 인류로 하여금 정신의 자유와 삶의 영역을 드넓게 확대하게 해 주었다는 것이다. 그의 말대로 그의 정신과 사상은 서양뿐만 아니라 전 세계에 걸쳐 지금까지도 모든 학문과 예술, 삶의 굳건한 중심이 되고 있다.

'인류를 위하여 축배를!'

이 얼마나 멋있는 말인가.

인간은 누구나 죽는다. 그러나 죽음에 대한 태도는 얼마든지 선택할 수 있다. 그리고 이를 소크라테스는 말과 행동으로 직접 보여주었던 것이다.

둘 째 마 당

죽음에 대한 태도가 삶을 결정한다

의리에 살고 의리에 죽는다
—동양의 생사관

동양에서는 일찍부터 죽음이란 자연의 순환, 나아가 우주의 순환 가운데 하나이며 따라서 우리는 죽음을 두려워할 게 아니라 오히려 즐거워해야 한다는 사상이 있었다. 일종의 무신론적 자연주의이다. 무신론적 자연주의의 관점에서는 굳이 영혼의 실재를 전제할 필요가 없다. 죽으면 모든 것은 자연으로, 나아가 우주로 돌아간다.

이런 주장을 한 대표적인 인물이 장자(莊子)다.

장자는 중국 전국시대 사람으로 제가백가 중에서도 매우 독특하고 창의적인 사람이었다. 직책이라곤 겨우 옻나무밭 관리를 맡았던 게 전부였지만 그의 사상은 매우 호방하고 거침이 없었다. 그가 쓴 책이 바로《장자》인데《장자》는 첫 장부터 약간 뻥이다 싶을 정도의 통 큰 이야기로 출발한다.

"북쪽 큰 바다에 곤(鯤)이라는 물고기가 있다. 곤의 크기는 얼마나 큰지 등 길이가 몇천 리나 되는지 모른다. 그 물고기가 변하여 붕(鵬)새가 된다. 붕새의 등 길이 또한 몇천 리나 되는지 알 수 없다. 있는 힘을 다해 붕새가 하늘로 솟구치면, 날개는 마치 하늘에 드리운 구름 같이 된다. 이 새는 바닷물이 크게 일렁이면 그 바람을 타고 남쪽 바다로 날아간다. 남쪽 바다의 이름은 천지(天池)이다."(《장자 내(內)편》 중 〈소요유(逍遙遊)〉)

이런 식의 통 큰 상상력은 우리의 쩨쩨하고 일상적인 상식을 순식간에 후려치고, 기존의 생각이나 가치를 한꺼번에 뒤집는 효과를 발휘한다. 전화(戰禍)로 밤낮이 없었던 당시 전국시대의 갑갑하고 희망없는 현실을 박차고 나오는 발상의 대전환이라고 볼 수도 있을 것이다.

장자의 이런 혁명적 발상법은 너무나 통쾌하고 기발하여, 그의 앞의 선인인 노자(老子)와 더불어 현실의 괴로움에서 벗어나지 못한 뭇 중생들에게 고금을 막론하고 산소통 같은 자극을 주었다. 유가적 예의와 규범 같은 틀에 갇혀 꼼짝달싹 하지 못했던 중국이나 우리 전통 사회에서 그의 자유로운 사상은 그야말로 청량제의 역할을 했던 것이다. 중국의 중앙권력에 대항하는 무리들이 종종 노장의 외피를 쓰고 나온 것도 그런 이유에서이다.

그러면 장자는 죽음에 대해 어떻게 생각했을까. 《장자 외편》에는 이런 이야기가 쓰여 있다.

장자의 아내가 죽었다. 그 소식을 듣고 친구인 혜시(惠施)가 찾아왔다. 장자는 벼슬길에 한 번도 오르지 않아 가난하게 살고 있었지만 혜시는 양나라에서 재상까지 지냈던 인물인데다, 궤변가라 잘못 알려졌지만 논리적인 언변으로 유명한 사람이었다. 그 혜시가 끄덕끄덕 무덤으로 문상을 온 것이다.

그런데 이게 웬일인가. 곡소리가 낭자해야 할 무덤가에서 노랫소리가 들리는 것이 아닌가. 보니 장자가 두 다리를 뻗고 앉아 질동이를 두드리며 노래를 부르고 있었다. 놀라 자빠진 혜시가 꾸짖듯이 말했다.

"아니, 여보게. 같이 살면서 자식을 기르던 부인이 죽었는데 곡하지 않는 것도 지나치다 할만한데, 질동이를 두들기며 노래까지 하다니 이건 좀 심한 일이 아닌가!"

말하자면 천하를 주름잡으며 돌아다녔던 혜시도 이해할 수 없는 짓거리였던 것이다. 그러자 장자가 질동이를 옆에다 치우고 빙그레 웃으며 말했다.

"그렇지 않네. 처음 아내가 죽었을 땐 나라고 어찌 가슴이 아프지 않았겠는가. 그러나 저 사람이 이 세상에 생겨나게 된 과정을 곰곰이 생각해보니 원래는 생명이란 게 없었지. 생명이 없었을 뿐만 아니라 본래 육체도 없었네. 육체가 없었을 뿐만 아니라 원래 그 육체를 이루는 기(氣)조차 없었다네. 무엇인지 알 수 없는 혼돈 속에 뒤섞여 있다가 변화하여 기가 생겼고, 그 기가 변화하여 형체를 이루었고, 그

형체가 변화하여 생명이 생겼다가 이제 변화하여 죽은 것이라네. 이것은 봄 여름 가을 겨울이 서로 얽히어 사철이 순환하는 것이나 마찬가지지. 지금 내 아내는 천지라는 거대한 방안에서 편히 잠자려 하는 참인데 내가 울며불며 소리 질러 곡을 한다면 스스로 천명을 모르는 소행이나 다름없음이라, 그 때문에 그런 짓을 그쳤다네."

그러니까 장자도 아내가 숨을 거두었을 때 처음엔 슬픈 마음에 울고불고 곡을 하긴 했던 모양이다. 그러나 곧 그게 편히 잠자려 하는 아내, 이제 자연의 품에 돌아가 쉬려고 하는 아내를 깨우는 짓거리임을 알고는 멈추고 대신 질동이를 두드리며 노래를 부르게 되었다는 이야기다.

실제 일어났던 일인지는 알 수 없는 노릇이지만, 이 이야기를 보면 장자의 생각이 생화학자들이 말하는 자연 순환 이론과 크게 다르지 않았던 것은 틀림없다. 소크라테스가 독배 앞에서 태연히 죽음이란 영혼이 해방되는 것이라고 설파하였던 것처럼, 분위기가 사뭇 다르긴 하지만 장자 역시 죽음을 크게 대수롭지 않게 여겼을 뿐만 아니라 오히려 축하해야 할 일로 생각했던 것 같다.

장자의 생사관을 잘 보여주는 또 다른 우화가 있다. 장자가 초나라로 가다가 무덤 근처에서 노숙을 하게 되었다. 마침 해골 하나가 근처에 굴러다니는 것을 보고 장자는 장난삼아 말채찍으로 해골을 툭툭 두드리며 말했다.

"그대는 생을 탐하여 절도를 잃었다가 이 꼴이 되었는가? 아니면 나라를 망치는 일을 하다가 처형되어 이 꼴이 되었는가? 아니면 나쁜 일을 저질러놓고 부모처자에게 욕을 남길까 두려워 자살을 하여 이 꼴이 되었는가? 아니면 춥고 배고프고 병들어 죽어 이 꼴이 되었는가? 아니면 그대의 수명이 그뿐이라서 이 꼴이 되었는가?"

다분히 짓궂은, 그리고 모욕적인 언사다. 요즘 같으면 사자(死者) 명예훼손죄로 즉각 걸려들어도 할 말이 없다. 그러나 죽은 자는 말이 없다. 그러니까 안심하고 그런 되지도 않은 말들을 늘어놓을 수 있었을 것이다.

그런데 그날 밤. 장자가 해골을 끌어당겨 베고 잠을 자는데 낮에 희롱을 당했던 해골이 꿈속에 나타났다. 그리고 코웃음을 한번 친 후, 점잖게 장자에게 훈계를 늘어놓기 시작했다.

"당신이 아까 내게 했던 말들은 모두 헛소리다. 무릇 당신이 말한 것은 살아있는 놈들의 살아있을 때의 번거로움일 뿐이요, 죽은 다음에는 그런 건 없다. 당신은 죽은 후의 즐거움을 모르는구나."

"죽은 후의 즐거움……? 그게 도대체 뭔가?"

해골은 계속해서 말했다.

"잘 들어라. 죽음의 세계에선 위로 지배하는 군주도 없고, 아래로 신하도 없으며, 또한 계절에 따라 해야 할 일도 없어 유유히 천지와 더불어 세월을 보내나니 아무리 만민을 부리는 왕이라 하더라도 즐거움이 이보다 더할 수는 없지 않겠나?"

장자는 그의 말을 곧이곧대로 받아들일 수가 없었다. 그래서 은근하게 말했다.

"내가 목숨을 주관하는 신에게 부탁하여 그대의 육신을 다시 살려서 뼈와 살과 피부를 만들고, 고향의 처자와 부모, 친지들에게 돌아갈 수 있도록 한다면 그대는 어쩌겠는가?"

그러자 해골은 눈살을 찌푸리며 말했다.

"아서라. 어찌 군왕과 같은 즐거움을 버리고 다시 세상의 괴로움을 겪겠는가!"

죽음 예찬도 이만저만 예찬이 아니다. 서양의 대표적인 니힐리스트 철학자 쇼펜하우어가 와도 이보다 더하진 않을 것이다.

물론 이것은 장자가 죽음을 예찬하려고 남긴 이야기는 아니다. 오히려 죽음에 대한 두려움 때문에 생의 즐거움을 잃어버리고 사는 사람들을 향한 경고이자 위안의 메시지라고 할 수 있을 것이다. 안생안사(安生安死). 생사를 초월하여 살았을 때 편안히 살고, 죽을 때 편안히 죽는 것이 도가의 기본적인 철학이다. 편안하게 살고 편안하게 죽는다는 것은 자연에 순응하며 사는 것을 말한다.

"사람이 하늘과 땅 사이에서 사는 것은 날랜 말이 지나가는 것처럼 순간에 지나지 않는다. 무수히 왕성하게 모두가 생겨나지 않는 것이 없고, 소리도 없이 사라지지 않는 것이 없다. 한 번 변하여 태어나고, 또 한 번 변하여 죽는다. 형태 없는 것에서 형태가 생겼다가 다시 형태 없는 것으로 돌아가는 것이다."

그리고 또 말한다.

"성인은 살아있을 때는 하늘이 정해놓은 대로 무심하게 행동하고, 죽을 때는 사물의 변화에 따라 자연스럽게 사라진다."

그러니 삶과 죽음에 슬픔도 애달픔도 있을 이유가 없다. 살아있다고 집착할 필요도 없고, 없다고 미련을 가질 필요도 없다. 대자유는 여기서부터 출발한다. 귀신이나 영혼 따위는 없어도 된다. 장자의 이야기에 잠시 귀신이 등장하긴 하지만, 자연으로 돌아가는 과정이 얼마나 좋은가를 표현하기 위한 수단일 뿐이다.

중국의 대표적인 사류(士類)인 유가 역시 영혼의 존재를 전제하지 않는다. 긍정도 부정도 하지 않는 상태로 남겨둘 뿐이다. 기본적으로 유가에서는 사후세계를 논하지 않았다. 그 생각이 공자께서 하셨다는, "미지생 언지사(未知生 焉知死)" 즉, "아직 삶도 다 알지 못하겠는데 어찌 죽음을 알겠는가."라는 유명한 말에서도 잘 드러난다. 그래서 그런지 공자가 어떻게 돌아가셨는지에 대한 기록은 찾아보기가 어렵다. 70세가 조금 넘어 돌아가셨으니 짐작컨대 아마 노환이었을 것이다.

공자는 어지러운 세상을 바로잡아볼 요량으로 제자 몇몇과 함께 중국 천지를 돌아다니며 그야말로 온몸을 던져 애썼던 분이었다. 교통이 불편했던 당시, 털털거리는 수레를 타고 먼지 이는 전쟁터를 돌아다니는 게 어디 보통 일이겠는가. 권력 있는 제후나 대부들의 냉대와 문전박대를 당하면서 말이다. 개고생이라는 말도 있지만 엄청난 고생길이었을 것이다.

20여 년을 이렇게 돌아다니며 죽을 고비도 숱하게 넘기는 동안, 사랑하는 제자 안회(顔回)는 병으로 죽고, 오랫동안 곁을 따랐던 제자 자로(子路)도 전쟁터에서 죽었다. 공자의 삶이야말로 열심히 살았지만 고단한 삶이었다.《논어》에 "남들이 알아주지 않는다고 화를 내지 않으면 또한 군자가 아니겠는가!(人不知而不慍不亦君子乎!)"라는 말이 어디 괜히 나왔겠는가.

공자가 자신의 죽음을 예감하고 마지막으로 남긴 말은《예기(禮記)》에 짧게 전해온다. 공자는 꿈에서 자신이 대문 사이에 앉아 있는 모습을 보고 죽음을 예감하고, 다음 날 일찍 지팡이를 짚고 걸으며 말했다고 한다.

"태산이 무너지려나. 대들보가 부러지려나. 철인이 병들려나(泰山其頹乎 梁木其壞乎 哲人其萎乎)."

태산과 대들보와 자신이 하나이다. 자기 존재에 대한 자부심과 긍정이 깊게 각인되어 있는 말이라 아니할 수 없다. 이 말은 들은 제자 자공(子貢)이 스승의 말뜻을 알아채고는 그를 부축해 안으로 모셨다고 한다. 그리고 돌아가셨다.

장자가 생사 경계의 초월을 통해 죽음조차 넘어가고자 했던 데 비해 공자는 의로운 죽음을 통해 생의 가치와 죽음의 가치를 극대화하고자 했다. 그는 사후에 대해서는 말하지 못하게 했지만 때가 되면 의연하고 두려움 없이 죽음을 맞도록 제자들에게 가르쳤다. 저 유명한 제자 자로(子路)가 전쟁에 패하여 죽음을 맞이할 때에도 평소 스승이 가르쳐준 대로 의관을 바르게 한 다음 의연히 칼을 맞았던 것이다. 죽음조차도 한 인간으로서의 품격있는 모습을 빼앗아가지 못하게 하였던 것이다.

의리에 살고 의리에 죽는다는 말이 있지만 중국 사상에 있어 의리는 중심적 윤리이기도 했다. 조선을 관통했던 성리학을 일명 '의리지학(義理之學)'이라고도 하는 걸 보면 유가에서 의리가 얼마나 중요한 개념인지 알 수 있을 것이다. 흔히 조폭들이 말하는 값싼 의리와는 다르다. 유가에서 말하는 의리는 한마디로 인간이 인간답게 사는 방식, 품격, 윤리를 통칭한다.

동양의 생사관은 바로 이 의리에 기초를 두고 있다. 살신성인(殺身成仁)이라는 말도 있고, 사생취의(捨生取義)라는 말도 있다. 살신성인이란 문자 그대로 몸을 죽여서 인을 이룬다는 뜻이요, 사생취의는 목숨을 버려서 의를 취한다는 뜻이다. 둘 다 인(仁)과 의(義)를 이룰 수 있다면 기꺼이 죽음도 불사하겠다는 태도이다. 유학자들은 죽느냐 사느냐를 두고 고민하지 않았다. 이들에게 가장 중요한 것은 어떤 명분으로 죽느냐 하는 것이었다. 그리고 그들은 실제로 그렇게 살고 그렇게 죽었다.

비단 유가만이 아니었다. 사마천의 《사기열전(史記列傳)》을 읽어보면 중국인들이 얼마나 명분과 의리를 중시했는지를 알 수가 있다.

특히 자객 형가의 이야기는 유명하다. 때는 바야흐로 춘추전국시대. 연나라 태자 단(丹)은 진나라에 볼모로 잡혀 있다가 진나라 왕이 다른 나라들을 합병하려는 야심으로 연나라 땅을 침범하는 것을 보고는 탈출하여 고국으로 돌아온 다음에 진나라 왕(후일의 진시황)을 암살할 자객을 물색했다. 그러다가 능력이 출중하고 용감무쌍한 자객 하나를 찾았는데 그가 바로 형가였다. 태자 단은 형가를 상빈으로 모시고 자신의 수레와 말을 내주었으며, 자신의 비단옷을 입히고 식사도 함께 했다.

기원전 230년, 진나라는 한나라를 정복했다. 그리고 2년 후에 진나라 대장 왕전(王翦)이 군대를 거느리고 조나라 도성인 한단을 함락하고 승세를 이어서 연나라로 진군해 왔다. 조급해진 태자 단은 형가를 찾아가 진나라 왕을 죽일 계책을 상의했다. 그러자 형가는 이렇게 말했다.

"진나라 왕에게 접근하려면 우리가 진심으로 화의를 청하려 한다는 것을 믿게 해야 합니다. 그렇지 않고서는 접근조차 할 수 없으니 만사가 불가능해집니다. 듣자하니, 진나라 왕은 우리나라의 독항(督亢, 하북성 탁현 일대)을 일찍부터 탐내고 있다고 합니다. 그리고 우리나라로 망명한 진나라 장수 번오기(樊於期)가 있지 않습니까. 진나라 왕은 그를 잡기 위해 현상금을 내걸고 있습니다. 제가 번오기의 머리와 독항의 지도를 가지고 가면 진나라 왕은 반드시 저를 만나줄 것입니다. 그러면 제가 손을 쓸 수 있습니다."

"독항의 지도는 어려울 것 없지만 번오기 장군의 머리를 갖고 가다니? 번오기 장군은 진나라에서 박해를 받고 연나라로 망명한 사람인데 어떻게 그를 죽인단 말이오? 나는 그렇게 못하겠소."

태자 단의 확고함을 본 형가는 번오기를 찾아갔다.

"이 형가는 진나라 왕을 죽이러 갈 결단을 내렸습니다. 그런데 진나라 왕을 만나는 것이 문제입니다. 지금 진나라에서는 상금을 내걸고 장군을 잡으려고 하니, 장군의 머리를 저에게 내주신다면 진나라 왕을 만날 수 있을 것입니다. 그러면 그 기회에 손을 써서 진나라 왕을 죽이겠습니다."

그 말을 들은 번오기는 두말하지 않고 보검을 뽑아 자기 목을 베었다. 형가가 떠나는 날, 태자 단은 예리한 비수 하나를 주었다. 독을 발라놓아서 살짝만 스쳐도 그 자리에서 즉사하는 비수였다. 그리고 13세밖에 안 된 어린 용사 진무양(秦舞陽)을 딸려서 보냈다.

진나라 왕은 연나라 사신 형가가 번오기의 머리와 독항의 지도를 갖고 왔다는 말을 듣고 대단히 기뻐하며 즉시 궁으로 불러들였다. 궁에 들어간 형가는 진무양에게서 지도를 넘겨받은 다음에 번오기의 머리가 든 함을 들고 왕 앞으로 다가갔다. 신하들은 먼저 함을 열어 보고 번오기의 머리임을 확인한 다음 지도를 바치게 했다. 형가가 두루마리로 된 지도를 천천히 펼치자 그 속에 감춰두었던 독을 바른 비수가 드러났다. 그것을 본 진나라 왕은 놀라서 소리를 질렀다. 형가는 급히 비수를 들고 달려들었다. 한 손으로는 왕의 소매를 잡고 한

손으로는 가슴을 향해 비수를 날렸다.

진나라 왕은 죽을힘을 다해 소매를 빼내고는 몸을 피했다. 형가는 비수를 들고 바로 쫓아갔다. 도망칠 수 없게 된 왕은 형가를 피해 궁정 안의 구리 기둥을 뱅뱅 돌았다. 형가는 필사적으로 뒤를 쫓았다. 둘은 한동안 구리 기둥 주변을 돌았다. 이때 어의(御醫)가 손에 들고 있던 약 자루를 형가에게 집어던졌다. 형가가 이를 피하는 순간 진나라 왕은 보검을 꺼내어 그의 왼쪽 다리를 내리쳤다. 그러자 궁정 무사들이 우르르 달려들어서 형가를 난도질했다. 층계 아래에 서 있던 진무양도 진나라 무사들의 칼에 숨을 거두었다.

형가뿐만 아니라 기꺼이 자기의 머리를 내어준 번오기도, 어린 나이에 그를 따라 함께 죽음을 맞이했던 진무양도 모두 의리의 화신들이다. 비록 뜻을 이루지 못한 채 죽었지만 자객 형가 이야기는 두고두고 전설이 되어 많은 중국인들의 가슴을 설레게 만들었다.

《사기열전》에는 형가뿐만 아니라 섭정(聶政), 예양(豫讓) 같은 의리의 사나이들이 기록되어 누천년의 세월을 전해오고 있다. 어찌 이들 자객뿐이랴. 주나라 무왕(武王)이 은나라를 멸망시키고 왕위에 오르자 수양산에 들어가 굶어죽었다는 백이(伯夷)와 숙제(叔齊) 같은 이도 오로지 명분 하나에 살고 죽은 사람의 대표적인 예이다.

공자는 말했다.

"군자는 죽은 후에 이름이 일컬어지지 않을 것을 두려워한다."[14]

여기서 이름이란 헛된 명예 같은 것을 일컫는 것이 아니다. 인간다운 모습, 도를 이룬 당당한 삶, 비겁하지 않은 삶 등을 총체적으로 일컬음이다. 중국의 역사에는 이런 인물들이 수도 없이 등장한다.

우리나라는 어떤가? 일찍이 성리학을 받아들여 윤리의 최고 규범으로 삼았던 조선의 딸깍발이 선비들은 이 방면에선 중국보다 더했으면 더했지 결코 떨어지지 않았다. 사육신이 바로 그 대표적인 예다.

세종의 첫째 아들 문종은 왕위에 오른 지 얼마 지나지 않아 어린 단종을 남기고 세상을 떠났다. 여기에서 역사의 대 파란이 시작된다. 드세고 야심만만했던 둘째 아들 수양대군이 조카의 왕위를 노리고 반정을 꾀한 것이다. 살고 죽는 것이 종이 한 장 차이, 권력자의 마음먹기에 달리는 급박한 순간이다. 줄서기의 명수들은 이럴 때 살길을 찾아 줄을 선다. 한국 현대사에서도 일제에 부역하였던 무리들이 반공을 빌미 삼아 순식간에 애국자로 둔갑하고, 그와 비슷한 인간들이 두 번의 군사 쿠데타가 일어나는 동안 벼락출세하는 일이 얼마나 많았던가.

그때도 그랬다. 신숙주 같은 이는 살길을 찾아 줄을 섰다. 하지만 뻔히 죽을 줄 알고도 죽을 길에다 줄을 선 사람들이 있었으니 그들이 바로 사육신이고, 그 대표적인 인물이 우리가 잘 아는 성삼문이다. 신숙주와 성삼문은 같은 해에 나란히 과거에 급제해 집현전 학자로서 세종의 총애를 한 몸에 받았던 당대의 천재들이었다.(같은 시대 또 한 사람의 천재는 금오신화를 쓴 김시습이다. 빼어난 글재주로 다섯 살 때 세종에게 불려가 칭찬을 받았던 그도 단종 폐위 후 삿갓을 쓰고 방랑을 하며 평생을 불우하게 보냈다) 성삼문은 반역의 죄로 격심한 고문을 받고, 마침내 사지가 찢겨 죽는 사형인 능지처참을 당하게 된다. 그러나 그는 수레를 타고 형장에 끌려가면서도 의연하게 그 유명한 절명시(絶命詩) 한 편을 남겼다.

격고최인명(擊鼓催人命)

형장의 북소리는 죄인의 생명을 재촉하고

회두일욕사(回首日欲斜)

머리들어 석양을 보니 해는 서산으로 넘어가려 하는구나

황천무일점(黃天無一店)

황천 가는 길에 주막조차 없다는데

금야숙수가(今夜宿誰家)

오늘밤은 뉘 집에서 자고 갈거나

죽음에 대한 두려움은 털끝만큼도 보이지 않는다. 유학자의 죽음은 이렇듯 초연하고 의연하여 감동적이기까지 하다. 우리는 앞에서 소크라테스의 죽음을 보고 감탄을 금치 못하였지만 어디 성삼문의 죽음이 그만 못하겠는가. 다른 사육신도 별반 다름없는 죽음을 맞이하였다. 그들의 가족까지, 남자는 줄줄이 죽고 여자는 노비로 팔려갔다. 문자 그대로 멸문지화를 당했던 것이다.

그런데 주목할 점은 그 후 그들의 죽음을 바라보는 선비들과 대중들의 시각이었다. 분명히 역적으로 끔찍한 죽음을 맞았으니 기피하거나 손가락질을 해야 옳을 것이었다. 그런데 그게 아니었다. 사육신은 이후 절개의 상징으로 한결같은 칭송의 대상이 되었다. 반면 살아남은 신숙주는 그 후 세조를 도와 국방을 튼튼히 하고 각종 서적을 출간하는 등 뛰어난 업적을 남겼지만 끝내 변절자의 딱지를 떼지 못하였다. 죽은 성삼문이 살아남은 신숙주를 뛰어넘었다. 의리와 변절은 유학자의 인격을 결정하는 가장 중요한 요소였고, 이것은 조선 유학이 이어지는 한 결코 바뀔 수 없는 것이었다. 마침내 200여 년이 지난 숙종 무렵, 사육신은 정식으로 명예가 회복되었고 성삼문은 조선 선비의 기개와 살신성인(殺身成仁)의 경지를 보여주는 만고의 전형으로 자리 잡았다.

몇백 년 후대에 살았던 유학자 면암 최익현도 그와 다르지 않다. 그는 을사조약에 반대하여 의병을 일으켜 저항하다 대마도에 유배되어 그곳에서 단식으로 세상을 떠났다. 그의 죽음 역시 이 의리지학(義理之學)에 뿌리를 두고 있다.

유학자들은 오로지 옳으니까 행할 뿐, 죽음 이후의 일 때문에 죽음을 택한 것은 아니었다. 처음 천주교가 조선에 들어왔을 때 유학자들을 대단히 혼란 속으로 몰아넣었던 것은 천당과 지옥에 대한 관점이었다. 천주교는 착한 일을 하는 것은 천당에 가기 위함이요, 나쁜 일을 하면 반드시 지옥에 떨어진다고 했지만 유학자들은 착한 일은 그냥 착하니까 하고 나쁜 일은 그냥 나쁘니까 하지 않을 뿐이라 여긴 것이다. 윤리학에서는 전자를 목적론적 윤리관이라고 하고 후자를 법칙론적 윤리관이라고 한다.

유학자는 공자의 말씀처럼 죽음 이후에 대해 말하지는 않는다. 그러나 죽을 때의 태도는 누구보다도 자기 윤리에 엄격하다. 어떻게 보자면 죽음조차 삶의 연장선 속에 두고자 했던 유학의 이념에 따른 것이다. 장자는 삶과 죽음의 경계를 넘어가고자 했지만 유가는 삶의 연장 속에서 죽음조차 초연하게 받아들였던 셈이다. 이때 무엇보다 중시될 수밖에 없는 것은 평소 살아있을 때의 태도이다. 유학자들은 평소 자신을 갈고 닦아 정작 죽음이 찾아왔을 때 예를 다하여 맞이해야 한다고 생각했던 것이다.

송나라의 악명 높은 폭군이었던 명제(明帝)는 외삼촌인 왕경문(王景文)의 명망이 높아가자 그를 핍박하여 스스로 목숨을 끊게 하려고 사약을 내렸다. 황제의 칙명이 왕경문의 집에 도착한 것은 밤늦은 시간이었다. 이때 왕경문은 친구와 바둑을 두고 있었는데 마침 대국이 절정에 달해 서로 한 치의 양보도 없이 팽팽한 긴장감이 이어지고 있었다. 왕경문은 칙서를 받아 바둑판 밑에 쑤셔두고 계속 바둑에 몰두했다. 마침내 승부가 결정되었다. 왕경문은 바둑알을 정리한 다음 그제야 담담한 표정으로 친구에게 말했다. "방금 황제로부터 죽음을 명하는 칙명을 받았다네." 사약을 술잔에 따른 그는 미안한 표정으로 "이 술은 자네에게 권할 수가 없네. 이해해주게나." 하고 말하고서 고개를 젖히고 술잔을 깨끗이 비웠다고 한다. 죽음을 두고 멋있다 마다 이야기하는 것은 주제 넘은 이야기지만 멋이 느껴질 정도다.

소크라테스처럼 사후 불멸하는 영혼에 대한 확고한 믿음이 없는 경우에도 인간은 얼마든지 죽음의 축배를 들 수 있다는 것을 동양의 유학자와 도학자들은 분명하게 보여준다.

"나는 부활이요, 생명이니……."

-서양의 생사관

서양인에게 죽음이란 무엇일까?

죽음에 대한 관념은 시대에 따라, 그리고 그 시대를 지배하던 종교와 사상에 따라 달라진다. 동양의 생사관이 도가와 유가가 지배하던 시대와 불교 전래 이후로 크게 나뉘는 것처럼 서양은 기독교 이전과 기독교 이후로 크게 나누어볼 수 있다.

기독교가 전파되기 이전에 서양에서는 로마라는 거대한 제국이 거의 모든 유럽과 아프리카, 중동을 통일하여 지배하고 있었다. 로마는 군인국가였다. 카이사르도 군인이었고, 카이사르의 아들이자 로마 최초의 황제 옥타비아누스와 그 뒤를 이은 황제들 모두 군인이거나 군인의 후예였다. 군인국가답게 그들은 잘 정비된 도시를 건설했고, 우수한 관계시설과 사통팔달의 도로를 만들었다. 지금까지 잘 보존

되어 있는 폼페이 유적을 보면 그들이 얼마나 문화적으로 풍족한 생활을 했는지 알 수 있다. 정치적으로는 공화정을 유지하여 어느 정도 민주적인 시민권을 보장하였으며 로마 시민이라면 누구나 공정한 재판을 받을 수 있도록 법과 제도도 잘 정비되어 있었다. 〈사도행전〉에도 식민지 유대 땅에서 죄를 범한 사도 바울이 로마 시민권자이므로 로마에 가서 재판을 받을 수 있는 권리가 있다고 주장하는 장면이 그려진다.

그들은 정신적으로는 고대 그리스의 전통을 이어받아 제우스를 비롯한 그리스 신들을 섬겼고, 그리스 철학을 계승하였다. 기독교 이전에 로마를 지배하던 철학은 스토아학파라 불리는 금욕주의나 에피쿠로스학파라 불리는 쾌락주의 등이었다. 우리가 잘 아는 아우렐리우스 황제가 스토아 철학자의 한 사람이었다.

금욕적인 스토아학파의 가르침에도 불구하고 그들은 실제 삶에서는 무(武)를 숭상하였고, 물질적 부의 토대 위에서 쾌락적인 삶을 즐기고 있었다. 로마제국 어느 곳에나 세워져 있는 거대한 원형경기장, 콜로세움은 그 상징물이다. 그곳에서는 끔찍한 피의 제전이 항상 벌어지고 있었다. 훈련된 노예 검투사들이 영화 〈글래디에이터〉에서처럼 죽을 때까지 피비린내 나는 싸움을 벌이고, 그것을 보고 열광하는 것이 로마인의 일상이었다.

콜로세움에서는 인간과 인간의 싸움뿐만 아니라 사자와 같은 야생동물과 인간의 살육전도 쉴 새 없이 일어났다. 티투스라는 황제는 콜로세움 완공을 기념하여 100일 동안 피의 축전을 열었는데 당시 '개장 기념'으로 희생된 동물의 수만 어림잡아 9000마리를 넘었다고 한다. 하루에 거의 100마리 꼴이다. 서기 240년 기념회 때 죽은 사람과 동물의 숫자는 자세한 기록으로 남아있는데, 그 기록에 따르면 검투사가 2000명, 사자 70마리, 야생마 40마리, 코끼리 30마리, 표범 30마리, 기린 19마리, 하이에나 10마리, 호랑이 10마리, 코뿔소와 물소 각 한 마리였다고 한다. 그야말로 대살육이고 피의 잔치였을 것이다. 지금 콜로세움은 세계적인 관광명소로 이탈리아를 찾는 사람이면 누구나 한 번쯤 들르는 코스가 되었지만 아직도 그곳에 가면 사투를 벌이는 노예 검투사의 거친 숨소리, 맹수에 물려 죽어가는 인간의 처참한 비명소리, 검투사의 창에 찔려 죽어가는 동물들의 기괴한 울음소리가 들려올 것만 같다.

로마인들에게 죽음은 하나의 오락이자 구경거리에 불과했을 것이다. 힘센 자는 살아남고 힘없는 자는 죽는다. 그것은 자연의 법칙이자, 군인국가의 국민인 로마인들이 가졌던 생사관이었다. 그리고 그것은 그들이 숭상하던 올림푸스의 신들이 가르쳐준 것이기도 했다. 로마인들은 제우스와 그의 자식들이 벌이는 신적인 활극에 인간이 참여하는 것 같은 모습에 열광했다. 힘의 상징인 헤라클레스와 페르세우스 등의 영웅 이야기가 그들의 정신을 지배하고 있었다. 신에게 바쳤던 올림픽 게임도 힘의 제전이었다. 말하자면 '강자의 도덕', '강자의 선'이 모든 가치를 지배하고 있었다. 죽음은 약자의 당연한 운명이었던 것이다.

이런 인간들이 모여 사는 제국은 겉으로는 매우 흥청거리고 풍족하게 보일지 모르지만 내면의 공허함을 극복하기 어렵다. 전성기를 지나면서 로마인은 정신적으로 이미 타락하였고, 삶과 죽음의 의미를 채워줄 어떤 도덕적 가치도 가지지 못했다. 이것은 어쩌면 군인국가로 성립된 로마의 필연적인 결말인지도 모른다.

이 공허함과 허무의 세계제국에 구원의 메시지처럼 들어간 것이 기독교였다. 그들에게 필요한 것은 정신적 의지처가 되어줄 종교적 가르침이었다. 로마와 마찬가지로 세계제국을 건설했지만 정신적으로 공허했던 몽고나 청나라가 티벳의 불교인 라마교를 받아들여 국교로 삼았던 것과 같다. 서양 로마에서는 기독교가 그 역할을 해주었던 것이다.

예수 사후 기독교도들은 갑자기 스승을 잃은데다 정통 유대교도들의 배척과 로마의 가혹한 탄압 때문에 예루살렘보다는 이집트 쪽 사막으로 흘러갔다. 이때 유행했던 것이 영지주의(Gnosticism)였는데, 예수의 가르침에 충실하고 영적 수련을 중시하는 사람들을 말한다. 1945년 나그함마디에서 발견된 〈도마복음〉 같은 것이 바로 영지주의의 경전이다. 그들은 불교와 마찬가지로 우리 자신이 하나님의 자녀로서 영적 존재라는 것을 강조했고, 신비주의적이고 금욕적인 생활을 실천하였다.

당시 이집트의 알렉산드리아는 국제도시로서 자유로운 사상들이 흘러넘치고 있었고 세계 제일의 도서관도 자리 잡고 있었다. 여기서 숨을 고른 사도와 제자들은 예수의 복음과 생애, 죽음과 부활에 대한 이야기를 전하기 시작했다. 그 가르침은 마치 마른 땅에 물이 스며들듯이 로마의 심장부를 향해 나아갔다. 로마는 기독교도들을 무자비하게 탄압했고, 신자들은 사자밥이 되기도 하고 십자가에 매달리기도 했지만 그 물결을 막을 힘은 어느 곳에도 없었다. 순교는 기독교인들의 영광스러운 선택으로서 구원을 약속하는 것이었다. 로마는 순식간에 물고기를 상징으로 삼은 기독교도들로 차기 시작했다.

그들은 은밀히 파피루스에 기록하여 예수의 '말씀'을 전하였고, 그의 고통스런 죽음과 부활에 대한 이야기를 나누었다. "네 원수를 사랑하라." "네 이웃을 네 몸과 같이 사랑하라." 같은 도덕적인 명령에서부터 "네 오른쪽 눈이 너를 죄짓게 하거든 그것을 빼어 던져버려라. 온몸이 지옥에 던져지는 것보다 더 낫다." "누가 너의 오른뺨을 치거든 왼뺨도 대어주어라. 누가 너에게 천 걸음을 가자고 하면 그와 함께 2천 걸음을 가주어라."라는 철저한 희생과 자기부정의 메시지는 일찍이 로마의 그 누구도 들어보지 못했고 경험해보지 못한 천둥 같은 가르침이었다. 그 새로운 말씀과 권위 앞에 그들이 지금껏 숭상했던 그리스 신화 속 올림푸스 신들은 벙어리거나 힘센 바보에 지나지 않았다. 강한 자들이 살아남고 살아남은 자가 아름답다는 가치관 아래 강자의 지배를 당연시해왔던 로마인들에게 예수의 가르침은 한

마디로 충격 그 자체였다.

그런데다 하나님의 아들이기도 한 예수가 가난하고 소외된 자들, 즉 고아와 과부와 죄인과 세리의 편에 서서 그들을 위로하고 그들과 친구가 되어주었다. "마음이 가난한 자여, 복이 있나니, 하늘나라가 그들의 것임이라."로 시작하는 산상수훈의 축복은 지금 읽어도 가슴이 떨린다. 애통해하는 자와 마음이 깨끗한 자와 온유한 사람, 의에 주리고 목마른 사람들에게 다가올 보상을 분명하게 약속하고 있는 것이다.

사랑과 용서를 중심으로 한 이러한 기독교의 도덕률은 그때까지 지켜오던 로마의 모든 피비린내 나는 가치 체계를 뒤흔들고도 남음이 있었을 것이다. 그중에서도 기독교가 전해준 가장 큰 '복음'은 인간은 영적 존재라는 사실이었다. 영적 존재로서의 인간에 대한 규정은 기독교가 당대뿐만 아니라 이후 모든 시대의 인류에게 준 가장 큰 선물인지도 모른다. 인간은 하나님의 형상대로 만들어졌고, 따라서 하나님의 영과도 통하는 존재이다. 그리고 이 영적 존재는 결코 죽지 않는 영원불멸적 존재이다.

"예수께서 가라사대 나는 부활이요, 생명이니 나를 믿는 자는 죽어도 살겠고, 무릇 살아서 나를 믿는 자는 영원히 죽지 않으리니……."
(〈요한복음〉 11장 25절)

예수는 "육신은 죽여도 영혼을 죽이지 못하는 자들을 두려워하지 말라."고 가르쳤다. 그리고 몸소 그것을 보여주었다. '사람의 아들'로서의 예수의 생애 가운데 가장 극적인 장면은 뭐니뭐니해도 죽음과 부활일 것이다. 기독교를 상징하는 십자가는 바로 이 죽음과 부활에 대한 상징이다. 성경에 의하면 예수께서는 십자가의 고통스런 죽음 이후, 그가 예언하신 대로 돌아가신지 3일 만에 다시 살아나셨다.

이것은 천지창조 이래 절대로 일어날 수 없는 일대 사건이었다. 하나님이 자기 형상에 따라 직접 생명을 주셨다는 아담도, 아브라함도, 모세도, 다윗도 한번 죽은 후 다시 살아난 적은 없었다. 선지자 엘리야가 살아서 승천했다지만 그 역시 부활한 것은 아니었다. 오로지 예수만이 부활할 수 있었다. 그것은 그가 육신의 존재가 아니라 영적인 존재이기에 가능한 일이었다. 그리고 그의 부활은 단지 그 자신에게만 그치는 것이 아니라 그를 믿는 자 모두에게도 약속되었다. 예수로 인하여 인류에게 죽음으로부터 해방될 수 있는 길이 열린 것이다.

그러면 부활이란 무엇을 말하는 것일까? 기독교인이라면 일요일마다 교회에서 외우는 "몸이 다시 사는 것과 영원히 사는 것"이라는 〈사도신경〉 구절을 기억할 것이다. 하지만 그것을 문자 그대로 믿는 사람들이 얼마나 될지 의문이다. 죽은 것이 다시 살아난다는 것은 자연의 법칙 안에서는 절대로 일어날 수 없는 일이다. 그것은 생명의 법칙에 위배되는 것이고, 시간의 비가역성에도 위배되는 것이다. 생로병사는 설사 신이라도 변경할 수 없는 대법칙이며, 바로 그 대법칙이 바로 신의 존재를 증명해주는 것이기도 하다.

그런데다 실제로 그런 일이 가능하다 해도 과연 지금과 같은 삶의 연장전 같은 삶이 계속되거나 반복된다면 바람직하고 소망할만한 것일까? 예전에 박완서 선생이랑도 이야기한 적이 있었다. 늙음에 대한 이야기 끝이었을 것이다. 다시 한 번 태어나서 산다면 과연 좋을까 하는 질문을 던지자 선생님이 손사래를 치며 말씀하셨다.

"그런 소리 마요! 이렇게 한 번 사는 것도 힘들어 죽겠는데……."

그 말에 모두 소리 내어 웃었다.

아마 부활이란 것이 지금의 삶의 연장전이거나 반복이라면 손사래를 치는 사람들이 적지 않을 것이다. 다만 살아있는 동안 건강하게 살고, 때가 되면 죽으면 족할 것이다. 죽고 나면 천국이나 지옥이나 그런 것 없이, 또 아무런 것도 남김없이 그냥 사라졌으면 좋겠다고 생각하는 사람도 적지 않을 것이다. 그런 사람들에게 몸이 다시 사는 것과 영원히 사는 게 무슨 의미가 있을 것인가.

성경에는 부활을 믿지 않는 사두개인이 예수님을 시험하기 위해 질문하는 장면이 나온다.

"선생님. 모세가 우리에게 써주기를 형이 자식이 없이 죽으면 그 동생이 그 아내를 취하여 후사를 세우라고 하였습니다. 그런데 일곱 형제가 있어 첫째가 죽고, 둘째가 아내를 취했다가 후사 없이 죽고, 셋째도 그리했다가 후사가 없이 죽고……. 이런 식으로 일곱이 다 죽고 나서 그 여자도 죽었다고 해봅시다요. 만일 부활이 있어 다시 태어난다면 그 여자는 그중 뉘 아내가 되리이까."

예수님을 곤경에 빠뜨리기 위한 영악한 질문이었다. 이에 예수님께서 대답하셨다.

"사람이 죽은 자 가운데 살아날 때에는 장가도 아니 가고 시집도 아니 가고, 하늘에 있는 천사와 같으니라."

그리고는 또 이렇게 꾸짖으셨다.

"하나님은 죽은 자의 하나님이 아니라 산 자의 하나님이시라, 너희가 크게 오해하였도다."

즉 기독교에서 말하는 부활은 우리가 흔히 생각하는 것과는 다르다. 실제로 부활하신 예수님을 막달라 마리아도 잘 알아보지 못하였고(성경에는 동산지기인 줄 알았다고 한다), 심지어는 가장 가까웠던 제자 베드로조차 금세 알아보지 못했다고 한다. 의심 많은 도마는 손의 못 자국과 허리의 상처를 만져보고서야 겨우 믿었다. 그러니까 부활이란 한번 죽었던 몸이 그대로 다시 사는 것이 아님은 분명하다.

부활은 그런 좁은 의미가 아니라 차원이 다른 어떤 무엇, 질적으로 전혀 다른 삶으로의 이동을 뜻하거나 살아서 영적인 해방을 얻는 것을 말하는지도 모른다. 부활을 두고 이른바 초기 정통파 교인들과 영지주의자들 사이에 많은 논쟁이 있었고, 오늘날에도 〈사도신경〉에 나오는 대로 문자 그대로의 믿음을 강조하는 보수적인 목회자와 진보적 신학자들 사이에 심심찮은 논쟁거리가 되고 있다.

사족 같지만 〈사도신경〉이란 기독교가 로마에 들어와서 만들어진 일종의 강령화된 교리이다. 거기에는 부활뿐만 아니라 유일신관, 처녀 잉태설, 종말론, 심판론 등 기독교의 기본 교리가 압축적으로 담겨 있고, 그것에 이의를 제기하거나 다른 해석을 하는 사람들은 이단으로 낙인찍히게 마련이었다. 〈사도신경〉이 없는 기독교는 상상할 수 없지만 어쩌면 〈사도신경〉이야말로 예수님에 대한 자유로운 접근을 어렵게 만드는 것이 되어버렸을 수도 있다.

각설하고, 어쨌거나 예수님의 부활은 인류의 역사에 가장 큰 사건이었고, 죽음을 넘어가는 최고의 선물이라는 사실은 분명하다. 나는 감옥에 있을 때 맞은 부활절 아침, 어디선가 들려오던 교회의 종소리와 찬송가, 그리고 따사로운 햇살과, 그때 느꼈던 만물이 약동하는 듯한 생명의 기쁨을 아직도 잊지 못하고 있다. 겨울이 없다면 봄이 없듯이 죽음이 없다면 부활 역시 없었을 것이다.

부활 사상을 바탕으로 기독교는 2천 년 동안 서양인들의 정신세계는 물론이고, 서양의 정치, 사회, 문화, 예술 전반을 지배해왔다. 부활이 무엇인지 명확히 모른다 하더라도 대부분의 선량한 기독교인들은 죽은 다음 영혼은 하늘나라로 가서 하나님 품에 안기고 육신은 흙에서 나왔으니 흙으로 다시 돌아간다는 소박한 믿음을 가지고 살았다.

내가 알고 있는 목사님도 그렇게 돌아가셨다. 그는 부활이나 심판, 심지어는 천국과 지옥에 대해서도 말하지 않았다. 그저 하나님 품에 맡기면 모든 것이 평화로울 것이라고 말했다. 그리고 죽어서 혹시 천국에 가게 된다면, 그래서 천국의 열쇠를 가지고 서 있는, 우리와 다름없이 어리석고 착한, 어부 출신의 사도 베드로를 만날 수 있다면 그보다 더 반가운 일이 어디 있겠느냐고 했다. 부활이나 심판을 믿는 것은 어렵지만, 영적으로 우리와 연결되어 있는 전지전능하고 궁극적인 존재자로서의 아빠(abba)[15] 하나님을 믿는 일은 그리 어려운 일이 아닌지도 모른다.

오는 것이 없으니 가는 것도 없다
– 불교의 생사관

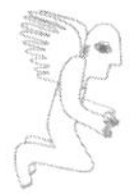

부활이 기독교의 핵심이라면 불교는 윤회(輪回)사상에 뿌리를 두고 있다.

윤회란 우리의 인생이 죽음으로 끝이 나고 소멸되는 것이 아니라, 살아있을 동안 지은 업에 따라 내세에서 다시 태어나게 되는 것을 말한다. 한 번만이 아니라 수백 번, 수천 번도 죽었다가 다시 태어나기를 반복한다.

윤회설에 따르면 우리의 생은 이른바 3계6도(三界六道)라는 욕계, 색계, 무색계의 3계와 지옥, 아귀, 축생, 아수라, 인간, 천신의 6도를 몇 겁이나 돌고 도는 것이다. 이렇게 도는 동안 전생에 저지른 선업이나 악업에 따라 왕으로 태어나기도 하고, 거지로 태어나기도 하고, 강도가 되었다가, 개나 소 같은 짐승으로 태어나기도 한다. 현생이 아무리 초라하고 괴롭다 하더라도 내가 선업을 쌓으면 쌓은 만큼 다음 생에서는 보다 나은 삶으로 태어난다. 현생에서 부와 권력을 누렸으면 다음 생에선 마땅히 남을 섬기는 자로 태어나야 한다. 일종의 심판론이자 인생 패자부활전인 셈이다(성경에 나오는 거지 나사로와 부자의 이야기도 같은 맥락이다).

이 같은 환생에 관한 믿음은 불교 이전의 힌두교에서도 보이고 심지어는 고대 이집트, 그리스의 피타고라스학파, 그리고 기독교 이전의 영지주의 등에서도 나타난다. 지금도 티벳에 가면 달라이 라마나 다른 고승의 환생에 관한 이야기가 수없이 전해지고 있다. 환생한 라마라고 여겨지는 어린아이를 찾아 예전에 쓰던 물건을 보여주며 시험하는 장면은 다큐멘터리에서도 종종 볼 수가 있다.

윤회든 환생이든, 인간의 삶이 이 현생에서 끝나지 않고 영원히 이어진다는 점에서 역시 영원불멸의 소망이 담겨 있는 것이라 할 수 있다. 석가모니 부처님도 전생에 윤회의 과정을 다 밟으셨다고 한다. 샤카국의 왕자로 태어나 부처가 되기까지, 왕자, 상인 등 인간은 물론이고, 토끼, 원숭이, 코끼리 같은 동물의 모습을 거쳐야 했는데 그때 쌓은 선행이 마침내 그로 하여금 현세의 부처로 태어날 수 있게 했다는 것이다.

그럼에도 불구하고 윤회는 고통이다. 왕으로 태어났건, 거지로 태어났건, 사람으로 태어났건, 짐승이나 벌레로 태어났건, 생을 가진 이상은 모두 태어나고 죽는 고통을 면할 수가 없는 것이다. 이 고통에서 벗어나는 길은 오로지 윤회의 수레바퀴를 멈추고 거기에서 벗어나는 길밖에 없다. 그것을 깨달음, 곧 해탈이라고 한다.

부처님의 가르침은 바로 이 깨달음의 길을 밝혀주는 것이었다. 그리하여 생로병사라는 근원적인 문제를 해결하고자 했던 것이다.

부처님과 예수님은 출생 배경이나 자라난 환경이 너무나 다르다. 다른 정도가 아니라 정반대라고 해도 무방할 정도다. 예수님은 유대왕국에서도 변방이었던 갈릴리 지방의 베들레헴이라는 아주 작은 마을에서 가난한 목수의 아들로 태어나셨다. 당시 유대왕국은 로마의 식민지였고 헤롯이라는 왕이 다스리고 있었다. 예수님은 학벌도 없는데다 출신 배경도 미미하여 나중에 예루살렘에 올라가 성전에서 가르침을 펴실 때도 바리새인이나 서기관 등 기득권 계층으로부터 노골적인 무시와 경멸을 당하셨다. 심지어는 같은 마을 사람들로부터도 경원시되었다.

성경에는, “저 사람이 누구냐. 마리아의 아들 목수가 아니냐. 야고보와 요셉과 유다와 시몬의 형제가 아니냐. 그 누이들이 우리와 함께 여기 있지 아니하냐.”(〈마가복음〉 6장 3절)라며 사람들이 ‘하나님의 아들’로서의 예수를 부정하는 이야기가 나온다. 예수님이 십자가에 못박혀 죽게 된 결정적인 이유도 보잘것없는 시골 나사렛 출신의 사내가 스스로 그리스도임을 선언하는 데 분개한 기득권 계층 때문이었다.

대단히 서민적이었던 예수님의 출생에 비해 석가모니라 불리우는 싯다르타는 출생 배경이 너무나 화려하였다. 석가모니의 아버지는 샤카(석가)족의 왕이었다. 비록 작은 왕국이었지만 그의 재위 기간은 매우 부유하고 평화로운 시기였다고 한다.

어머니 마야 부인은 아들을 낳고 얼마 안 있어 산후통으로 세상을 떠났기 때문에 석가모니는 이모의 손에서 자라났다. 그러나 그는 귀한 출신답게 훌륭한 교육을 받았고, 아름다운 여인과 결혼하여 '라훌라'라는 아들까지 하나 두었다.

그는 손에 물 한 방울 묻히지 않고, 발에 흙 한 톨 묻히지 않고 자랐다. 이기영 선생이 쓰신《석가》라는 책에는 석가모니 부처님이 나중에 사위성의 급고독원(給孤獨園)이라는 곳에 계실 때 자신이 젊은 날 얼마나 유복하게 살았는가를 회상하는 이야기가 나온다.

> 나는 매우 즐겁게, 더할 나위 없이 즐겁게, 무척 즐겁게 살았다. 아버지의 궁전에는 연못이 있었다. 연못의 어떤 곳에는 파란 연꽃이, 어떤 곳에는 빨간 연꽃이, 또 어떤 곳에는 하얀 연꽃이 피어 있었는데 이것이 모두 나만을 위해 마련된 것이었다. 나는 카시산의 전단향 이외에는 결코 쓰지 않았다. 내 옷감도 카시의 것이었다. 셔츠와 내복도 그랬다. 추위나 더위, 먼지나 풀, 이슬이 내 몸에 닿지 않도록 언제나 나만을 위한 흰 산개(傘蓋)가 밤이나 낮이나 한결같이 쳐져 있었다. 나에게는 세 개의 궁전이 있었다. 하나는 겨울을 위해, 하나는 여름을 위해, 하나는 장마철을 위해서였다. 나는 넉 달 동안의 장마철에는 적당한 궁전 안에서 여자들

만이 노는 기악 속에 파묻혀 있어 결코 궁전에서 내려와 본 적이 없었다. 다른 사람들 집에서는 노복이나 일꾼, 심부름꾼들에게 죽을 주고 있었지만 아버지 궁궐에서는 쌀밥과 고기를 주었다.

이것을 보면 솔로몬의 부는 아무것도 아니라는 생각이 든다.

이렇게 더할 나위 없이 행복한 생활을 하고 있었지만 이미 전생에 부처가 될 면목이 있었던 터라 자신의 마음속에서 일어나는 근본적 의문만큼은 피할 수가 없었다. 그는 어느 날 성문 밖으로 행차를 나갔다가 병든 노인들과, 가난에 찌든 사람들, 그리고 죽은 사람과 죽어가는 사람들을 보았다. 그때 그는 문득 생각했다.

"이 세계는 참으로 고통으로 가득 차 있구나. 태어나고, 늙고, 쇠약해지고, 죽어서 또 다시 태어난다. 그 누구도 이 늙음과 죽음의 고리로부터 헤어날 줄 모른다. 어떻게 하면 그와 같은 일이 가능할까? 도대체 무엇 때문에 늙음과 죽음이 있는 것일까?"

한번 일어난 물음은 끝날 줄 모르고 이어졌다. 마침내 그는 안락한 궁전 생활을 뒤로 하고 출가의 고행길로 나섰다.

그때 그가 품었던 의문이 바로 생로병사(生老病死)를 둘러싼 것이었다. 태어나고, 늙고, 병들고, 죽는 것. 이 피할 수 없는 일들은 왜 벌어지며, 그것으로부터 벗어날 길은 없을까. 그 생로병사의 최종 귀착점은 바로 '죽음'이다. 그러므로 생로병사의 문제는 곧 죽음의 문제라고 해도 과언이 아닐 것이었다.

불교에서는 죽음을 어떻게 바라볼까?

불교의 근본철학을 이루는 것은 연기론(緣起論)이다. 모든 것은 원인이 있고, 결과가 있다. 여기 있으니 저기 있고, 여기 없으니 저기 없다. 원인 없는 결과는 없고, 결과를 만들지 않는 원인은 없다. 그리고 모든 것은 바로 이러한 원인과 결과의 인연에 의해 생겨난 것이다. 그런데 하나의 결과가 나오기까지 원인은 무수히 많을 수 있고, 또한 하나의 원인으로부터 무수한 결과가 나올 수도 있다. 그러므로 원인과 결과라는 것도 딱히 정해져 있는 것이 아니라 그때그때의 인연에 의해, 다시 말해 인연의 조합에 의해 나타나는 것이다.

연기론에 의하면 죽음 또한 이전에 있었던 무수한 원인들의 결과이다. 그러므로 그 원인들을 찾아가보면 죽음이 왜 일어나는 지 알 수 있을 것이다. 그것을 일목요연하게 정리한 것이 바로 12연기(十二緣起)이다.

> 슬픔과 고통에 가득 찬 노사(老死, 늙음과 죽음)는 어떤 인연으로 생겨나는가?
>
> 그것은 생(生, 태어남)이 있기 때문이다.
>
> 생은 어떤 인연으로 생겨났는가?
>
> 유(有, 외부에 있는 존재)가 있기 때문이다.
>
> 유는 어떤 인연으로 생겨났는가?
>
> 취함(取, 집착)이 있기 때문이다.

취함은 어떤 인연으로 생겨났는가?

애(愛, 사랑함)가 있기 때문이다.

애는 어떤 인연으로 생겨났는가?

수(受, 느낌)가 있기 때문이다.

수는 어떤 인연으로 생겨났는가?

촉(觸, 감각적 인식)이 있기 때문이다.

촉은 어떤 인연으로 생겨났는가?

육처(六處, 보고 듣고 냄새 맡고 맛보고 만지고 생각함)가 있기 때문이다.

육처는 어떤 인연으로 생겨났는가?

명색(名色, 개념과 형태)이 있기 때문이다.

명색은 어떤 인연으로 생겨났는가?

식(識, 의식의 분별)이 있기 때문이다.

식은 어떤 인연으로 생겨났는가?

행(行, 잠재적 의지력)이 있기 때문이다.

행은 어떤 인연으로 생겨나는가?

무명(無明, 어리석음)이 있기 때문이다.

한마디로 요약하자면, 죽음이란 생이 있기 때문에 일어난다. 이 생의 바탕에는 무명(無明)이 있다. 무명이란 우리라는 존재가 이 세상에 살아가는 데 필요한 질료이자 카오스이다. 별들이 탄생하는 블랙홀 같은 것이기도 하다. 그런데 이 카오스 상태의 무명, 무지로부터 분별심이 나오고, 또 개념이니 형태니 하는 것도 나오고 집착도 나오고 나중에는 애증에 따라 생이 나오는 것이다.

하지만 이 무명이란 것은 있다고 할 수도 없고 없다고 할 수도 없다. 모든 것은 인연에 따라 원인과 결과로 나타나는 것이지만 그 자체가 허상에 불과하다. 그렇다고 그냥 허상은 아니다. 실재하는 허상이다. 불교는 모든 실재를 부정하면서 동시에 긍정하는 이중 부정의 논리를 폄으로써 우리가 하나의 고정된 관념에 사로잡히지 않게 한다. "무명이란 것이 있지도 않고, 무명이 다함이 있지도 않다."[16] 라는 표현에서 나타나는 것처럼 부정에 부정을 더함으로써 절대 긍정인 진리에 이르고자 하는 것이다.

석가모니 부처님은 단지 여기서 그치지 않고, 그러한 인연들(12연기)이 일어나고 사라짐의 본질이 무엇인가를 밝혀주고 있다. 그것이 이른바 삼법인(三法印)이라 불리는 제행무상(諸行無常), 일체개고(一切皆苦), 제법무아(諸法無我)이다.

먼저 제행무상부터 보면 제행이란 모든 현상을 가리킨다. 즉 세상의 모든 현상은 무상한 것이라 머물러 있지 않고 끊임없이 변화한다는 뜻이다. 나를 포함하여 끊임없이 변하는 세상에서 영원한 것이란 원래 있을 수가 없다. 연기의 법칙에 따라 생겨났던 것도 시간이 지나면 사라지고 또 다른 것이 생겨난다. 제행무상은 세상의 본질이다. 우리가 집착하는 것이 결코 우리 것이 될 수가 없는 까닭이다.

둘째, 일체개고란 무상함으로부터 비롯된 모든 존재의 필연적 속성이 고(苦)라는 것이다. 싫어하는 사람과 만나는 것도 고통이요, 사랑하는 이와 헤어지는 것도 고통이며, 구하되 얻지 못하는 것도 고통이고, 알고 느끼고 생각하고 행하는 그 자체도 고통이다.

세째 제법무아는 인간의 행위나 의지와 같이 자연에도 행위나 의지가 있는데 그 주체가 되는 '나'라는 것이 없다는 말이다. 나라는 것은 그때그때 인연에 의해 생겼다 사라지는 것이기 때문에 고정된 실체로서의 '나'는 없다고 해야 할 것이다. 그러므로 고정된 '나'라는 실체가 있다고 믿고 집착하는 것은 망상에 지나지 않는다는 것이다. 오온(五蘊), 즉 색(色), 수(受), 상(想), 행(行), 식(識) 등, 내 몸과 마음을 이루는 것들이 일시적으로 합해져서 '나'를 만든 것일 뿐 그것 역시 원래는 공(空)한 것이다.

이 오온(五蘊)이 모두 공(空)함을 깨닫는 순간, 우리는 모든 고통에서 벗어나 자유롭게 된다. 영원한 자아가 없기에 영원히 자기에게 속한 것도 없고 따라서 집착할 것도 없다. 돈이니 명예니, 심지어는 생명이니 하는 것도 생겼다 사라지는 물거품 같은 것일 뿐이다. 자아가 없으니 죽음도 없다. 죽음이 없으니 오는 것도 없고, 가는 것도 없다.

이렇게 육신의 허물을 벗고 참된 자아를 찾게 되면 비로소 우리는 끝없이 윤회하던 것을 멈출 수 있게 된다. 윤회의 수레바퀴에서 벗어나 더 이상 오고 감이 없는 것이 바로 깨달음이다. 깨달은 자에겐 태어나고 죽는다는 것이 하나의 미망일 뿐 애초에 그런 것은 없게 된다. 《반야심경》의 첫머리에 나오는 말처럼 "늙고 죽는 것도 없고, 늙고 죽는 것이 다함도 없다(無老死 亦無老死盡)."는 경지에 이르게 되는 것이다. 그러므로 육신의 죽음에 불과한 죽음은 가볍고, 왔다가 사라지는 것이다. 요란스럽거나 떠들썩할 이유가 없다.

> 생이란 한갓 떠도는 구름이 일어남 같고,
> 죽음이란 한갓 떠도는 구름이 사라지는 것과 같다네.
> (生也一片浮雲起 死也一片浮雲滅)

이러한 태도는 앞에서 본 노장(老莊)의 사상이나 별 다를 바가 없다. 본래 나라는 것이 없으니 가고 옴도 없다는 것이 죽음에 대한 선불교(禪佛敎)의 기본적인 인식이요 생사관이다.

셋 째 마 당

덧없어라, 생이여!

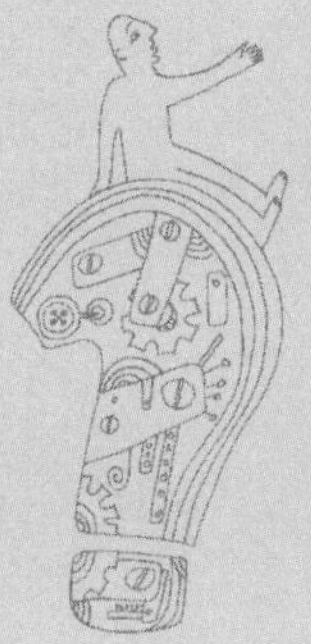

[illegible]
[illegible]

[illegible]

인생을 낭비한 죄, 그리고

《인간과 초인》으로 노벨문학상을 수상한 아일랜드 출신의 저명한 극작가 조지 버나드 쇼의 묘비에는 이런 글이 써 있다고 한다.

"우물쭈물하다가 내 이럴 줄 알았지(I knew if I stayed around long enough, something like this would happen)."

재치 있는 번역이 버나드 쇼의 유머러스한 면모를 그대로 드러내 저절로 입가에 웃음을 머금게 한다.

버나드 쇼는 매우 오래 살았던 사람이다. 94세까지 살았으니까. 그런데다 이것저것 안 해본 것이 없을 정도로 다재다능하여 극작가는 물론 사회운동가, 사상가로까지 활동하였다. 그러고도 우물쭈물하였다니, 그의 우물쭈물은 작가의 엄살이자 유머인 셈이다. 진짜 우물쭈물하며 살아온 우리네 같은 사람들이야 그 앞에서 할 말이 없다.

그런데 정작 이 말의 해학적인 방점은 '우물쭈물'에 있는 것이 아니라 '내 이럴 줄 알았지.'에 있다. 이럴 줄 알았다니 무엇을 알았다는 말일까? 묘비명에 쓰인 글이니만큼 '내 이렇게 죽을 줄 알았지.'가 답일 것이다. 그러니까 그의 묘비명은 '우물쭈물 정신없이 살다가 내 이렇게 죽을 줄 알고 있었지!'라는 뜻이 된다.

사실 그걸 모르는 사람은 아무도 없다. 그런데 막상 죽음이 코앞에 다가오기 전까지는, 그러니까 싱싱하게 살아있을 동안에는, 사람들은 정말 희한하게도 그런 생각을 좀처럼 하지 않는다. 죽을 때가 되어서야 비로소 큰 깨달음이라도 얻은 것처럼 불현듯 '내 이럴 줄 알았지.' 하는 것이다. 이 짧은 말 속에는 자신의 지나간 삶에 대한 냉소와 덧없음, 그리고 느닷없이 찾아온 죽음에 대한 당황스러움 같은 것이 한바탕 터져나올 듯한 웃음과 함께 뒤섞여 있다.

동양에도 버나드 쇼의 말과 비슷한 사자성어가 있다. '취생몽사'가 그것이다. 취생몽사(醉生夢死). 취한 듯이 살다가 꿈을 꾸듯이 죽는다는 뜻이다. 정황을 그려보면 '우물쭈물 하다가 내 이럴 줄 알았지.'와 일맥상통하는 말이다.

이 말은 좋은 뜻으로 사용되지는 않는다. 오히려 인생을 헛되이 보내는 인간들에게 하는 경고요, 질타에 가까운 말이라고나 할까. 막걸리 한 병으로 끼니를 때우고 술에 취해 비틀거리다 길거리에 아무렇게나 쓰러져 죽는 노숙자에게 보내는 말 같기도 하다.

왕가위가 감독을 하고 장국영이 주인공으로 나오는 〈동사서독(東邪

西毒)〉이라는 무협영화가 있다. 거기에 등장하는 술 이름이 바로 '취생몽사주(酒)'다. 사랑의 아픔에서 벗어나지 못한 황약사라는 친구가 들고 온 술인데 그것을 마시면 옛날 일을 지우개로 지우듯이 싹 잊어버릴 수 있다는 것이다. 옛날 일뿐만 아니라 지금의 자신조차 잊어버리고 생에 대한 애착도 없이 꿈속처럼 죽을 수 있다는 기막힌 이름의 술이다. 사막의 한 주점을 배경으로 니힐에 가득 찬 이 영화는 당시 갈 곳 없는 청춘들에게 큰 감동을 주었다. 허무가 때로는 위안을 주기도 하니까.

어쨌든 우리는 대부분 자신에게 주어진 인생을 부지런히, 열심히 살아가야 할 의무를 지니고 있는 것처럼 산다. 그게 인생이니까. 한 번밖에 없는 인생이니까.

《사기(史記)》를 쓴 사마천은 마흔여덟 살 때 당시 황제였던 한무제(漢武帝)의 노여움을 사 궁형(宮刑)을 당했다. 흉노를 토벌하러 갔다 포로가 되었던 이릉(李陵)이란 장군을 변호했다는 혐의였다. 예리한 칼로 불알을 잘리는 궁형은 고통도 고통이거니와 너무나 치욕적인 것이어서 궁형을 당한 사람들은 대부분 차라리 죽음을 선택하였다. 그러나 사마천은 그 고통과 치욕을 넘어 살아남았다.

그때 그가 남겼던 유명한 말이 '구우일모(九牛一毛)'였다. 아홉 마리 소 털 중 하나라는 말이다. 아홉 마리 소 털은 헤아릴 수 없는 숫자를 말함이니, 자신이 만일 이대로 죽는다면 자기의 죽음은 아홉 마리 소

털 중 하나처럼 아무도 기억하지 못할 것이고, 자신의 생은 아무 의미 없는 것이 되고 말 것이라는 뜻이다.

그리하여 그는 불우하고 고통스런 몸을 이끌고 십여 년에 걸쳐 불후의 역사서 《사기》를 썼고, 그중의 〈열전(列傳)〉은 지금도 베스트셀러가 되어 읽히고 있다.

구우일모(九牛一毛). 얼마나 비장함을 느끼게 하는 말인가. 인생에 어떤 목적이 있다면 누구라도 한 번쯤 의지를 품어봄직 하지 않겠는가.

하지만 꼭 그런 목적이 없다 하더라도 인생이란 한번 주어진 이상, 끝까지 열심히 살아 완주하는 것이 최소한의 도리이다. 그런 뜻으로 '근근불식(勤勤不息)'이라는 말이 있다. 문자 그대로 쉬지 않고 애쓴다는 뜻이니, 이 우주가 쉬지 않고 움직이며 일을 하고 있는 만큼, 마땅히 인간도 쉼 없이 살아 움직여야 한다는 뜻이다.

괴롭든 슬프든 태어난 이상 누구나 자신의 삶을 짊어지고 열심히 살아가야 한다. 그게 생명을 가지고 태어난 우리들의, 생에 대한 최소한의 의무이며 예의라는 것이다.

영화 이야기를 하나 더 하자면 예전에 〈빠삐용〉이란 영화가 있었다. 내가 좋아하는 스티브 맥퀸과 더스틴 호프만이 열연했던 추억의 명화다. 거기에서 두 사람은 무슨 죄를 짓고 절해고도의 감옥으로 끌려간다. 주인공인 스티브 맥퀸은 자신이 결백하다고 굳게 믿고 있었고, 그래서 곧 풀려나리라 기대했지만 상황은 점점 더 어려운 구렁텅이로 그를 끌고 들어간다. 그는 꿈속에서 자신의 죄가 뭐냐고, 나는 억울하다고 소리친다.

그러자 언덕 위 빛이 비치는 곳에 서 있던 재판관인지, 신인지 모를 존재가 커다랗게 답을 한다.

"인생을 낭비한 죄!"

고등학교 시절에 봤던 영화지만 이 장면과 대답이 그 후에도 오랫동안 큰 울림처럼 내 가슴 깊이 남아있다. 인생을 낭비한 죄! 황당하긴 하지만 얼마나 기막힌 대답인가. 보통 사람들인 우리들의 가슴을 철렁 내려앉게 만드는 대답이 아닌가. 생각하면 우리는 얼마나 많이 인생을 낭비하며 살았던가. 그 영화의 재판관 말대로라면 취생몽사한 사람들은 모조리 절해고도에 보내지던가, 지옥으로 보내져야 할 것이다. 비록 취생몽사하지는 않았더라도 우리처럼 게으른 인간들 역시 그와 유사한 벌을 면치 못할 것이다.

대부분의 건전한 상식을 지닌 사람들은 우물쭈물 살거나 취생몽사하는 삶은 비난받아 마땅하다고 생각한다. 그런데 가끔 인생의 모범답안이 바로 이 취생몽사라고 주장하는 별난 사람도 나타난다. 그들에 의하면 인생은 아무 생각 없이 살다가 아무 생각 없이 죽는 게 제일 행복하다. 우주의 운행이 아무 목적이 없으니, 우리의 인생 역시 아무 목적이 없다는 것이다. 그러니까 우리 인생엔 꼭 해야 할 숙제도 없고, 꼭 이루어야 될 일도 없고, 따라서 굳이 거창한 무엇을 남기려고 애쓸 필요도 없다.

이처럼 인생의 모범답안이 '취생몽사' 편에 있다고 생각하는 사람들, 인생은 그저 그렇고 그렇게 살다 가는 게 좋다는 사람들이 영화 속의 재판관이 되었다면 어떨까? 이들이라면 인생을 낭비한 죄 대신 인생을 악착같이 산 죄라는 죄명을 만들어 거꾸로 악착같이 산 자들을 절해고도에 보내라고 했을지도 모른다.

'인생을 악착같이 산 죄!'

하긴 생각하기에 따라선 인생을 낭비한 죄보다 인생을 악착같이 산 죄가 더 클 수도 있다. 인생을 낭비한 족속들은 최소한 남에게 해는 끼치지 않았을지 모르지만 인생을 악착같이 산 족속들은 자기도 모르게 남에게 해를 끼친 일도 적지 않았을 것이기 때문이다.

남들뿐만이 아니다. 일찍이 노자나 장자도 주장했지만 그런 사람은 자기 자신에게도 대단히 위험한 존재들이다. 부지런함을 자랑하고, 악착같이 사는 것을 자랑하는 대한민국이 세계에서 자살률이 가장 높다는 것은 이미 잘 알려진 사실이다. 가난하지만 천천히, 대충대충 살아가는 나라 사람들의 행복도가 더 높고, 그런 나라 중의 하나인 부탄 같은 데는 자살률이 아예 제로라고 한다.

인생을 우물쭈물 살았든, 악착같이 살았든 우리는 때가 되면 무대에서 내려와야 한다. 말하자면 인생의 결론은 반드시 '내 이럴 줄 알았지.'인 것이다. 그것만은 아무도 부정할 수 없는 진리이다. 우물쭈물 살았다고 엄살을 부렸던 버나드 쇼도 죽었고, 공자도 노자도 소크라테스도 모두 죽었다. 이 글을 쓰고 있는 나도, 이 글을 읽고 있을 독자들도 언젠가는 죽을 것이다.

대학 철학과에 들어가면 맨 처음에 삼단논법을 배운다. 그 중 가장 많이 드는 예가 이런 것이다.

인간은 누구나 죽는다.
나는 인간이다.
고로, 나는 죽는다.

이것을 가리켜 삼단논법 중 연역법이라고 한다.

A도 죽었고, B도 죽었고, C도 죽었다. 다른 수많은 이들도 죽었다.
A, B, C 등등은 모두 인간이다.
고로, 모든 인간은 죽는다.

이런 것을 귀납법이라고 한다.

연역법에 의하든, 귀납법에 의하든, 어쨌거나 인간인 이상 나는 죽는다. 죽음은 우리에게 지상에서의 삶이 허망하다는 것을 일깨워 준다. 버나드 쇼가 아니라 누구라도, 죽음 앞에서 덧없음을 탄식하지 않을 사람은 없다. 여름날의 울창했던 숲도 가을이 되면 낙엽을 떨구고, 눈빛 푸르고 아름다운 젊은이도 세월이 흐르면 백발이 성성한 노인으로 변해가지 않을 수가 없는 것이 자연의 법칙이다. 부귀와 공명을 다 누렸던, 지혜의 왕이라고 불리던 솔로몬도 늘그막에 쓴 〈전도서〉에서 이렇게 노래할 수밖에 없었던 것이다.

> 헛되고 헛되니 모든 것이 헛되도다. 사람이 해 아래에서 하는 모든 수고가 자기에게 무엇이 유익한고. 한 세대는 가고 한 세대가 오되 땅은 영원히 있도다. 해는 떴다가 지며 그 떴던 곳으로 빨리 돌아가고, 바람은 남으로 불다가 북으로 돌이키며, 이리 돌며 저리 돌아 불던 곳으로 돌아가고, 모든 강물은 다 바다로 흐르되 바다를 채우지 못하며 어느 곳으로 흐르든지 그리로 연하여 흐르느니라. 만물의 피곤함을 사람이 말로 다 할 수 없나니 눈은 보아도 족함이 없고, 귀는 들어도 차지 않는도다.(〈전도서〉 1장 1절~8절)

해 아래의 모든 수고가 다 그렇듯 인생을 낭비한 자에게나 악착 같이 산 자에게나 죽음은 모든 것을 내려놓게 한다. 죽음 앞에서는 모두가 평등해진다. 그 앞에서 우리는 한없이 겸손해지지 않을 수 없다. 어쩌면 그것이야말로 신이 우리에게 준 가장 큰 지상의 명령이자 선물인지도 모른다.

덧없음이 주는
평화

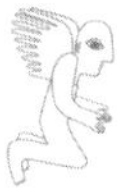

우리가 오래 살기 위해, 아니 영원히 살기 위해 아무리 발버둥쳐도, 우리의 생은 이미 날 때부터 한계 지어져 있다. 그래서 우리는 끝내 솔로몬처럼 덧없음을 노래하지 않을 수가 없다. 하지만 덧없다는 것이 꼭 나쁜 것만은 아니다. 아니, 그 덧없음을 빨리 깨닫는 것이 훨씬 행복하다고 하는 사람도 있다.

사실 모든 종교는 이 세상의 삶이 덧없고 허무하다는 인식 위에 서 있다. 불교도 기독교도 지금 우리가 살아가는 이 세상을 부정하고 질적으로 다른 세계, 즉 열반이나 하늘나라로 나아갈 것을 가르친다. 예수님께서는 이렇게 말씀하셨다.

"너희를 위해 보물을 땅에 쌓아두지 말라. 거기는 좀과 동록(銅綠)이 해하며 도적이 구멍을 뚫고 도적질하느니라. 오직 너희를 위해 보물을 하늘에 쌓아두라. 거기는 좀과 동록이 해하지 못하며 도적이 구멍을 뚫지도 못하고 도적질도 못하느니라."(〈마태복음〉 6장 19절~20절)

불교에서도 《반야심경》에서 이렇게 일렀다.

"관자재보살이 깊은 반야바라밀다를 행할 때에 오온이 다 공함을 비추어보고 온갖 고통에서 벗어났다(觀自在菩薩 行深般若波羅蜜多時 照見五蘊皆空 度一切苦厄)." 여기서 오온(五蘊)이란 감각적인 현상계, 곧 우리들이 살아가는 세상을 말한다. 그 세상이 모두 공(空)하다는 사실을 깨닫고는 일체의 고통에서 벗어났다는 말이다.

생이 덧없다는 사실은 때로 우리에게 많은 위로를 준다. 더구나 피할 수 없이 힘들고 어려운 일을 당한 사람에게는 생이 덧없다는 사실이 얼마나 다행인지 모른다. 하루가 천 년 같이 지겨운 사람에게도 마찬가지다. 너무나 행복하여 '지금 있는 그대로 쭈욱~'을 바라는 사람들에겐 좀 미안한 말이지만 말이다.

조선 숙종 때 선비 서포 김만중은 자신이 귀양 가 있는 동안 홀로 남은 어머니를 위로하기 위해 한문소설 《구운몽》을 썼다. 이 이야기는, 중국 당나라 시대 성진이라는 승려가 용왕이 베푸는 잔치에 갔다가 그만 한잔 술에 취해 돌아오는 길에 여덟 명의 선녀와 만나 수작을 부리면서 시작된다. 아름다운 청춘 남녀가 만났으니 어찌 설레는 마음이 없었겠는가. 절로 돌아온 성진은 여덟 명의 선녀들을 잊지 못하다가 그만 스승인 육관대사의 노여움을 사 인간 세상으로 쫓겨나게 된다. 양소유라는 이름으로 인간 세상에 태어난 성진은 타고난 재주와 인품으로 승상의 지위에까지 오르고 그 과정에서 여덟 명의 미인과 만나 모두 아내로 삼았다. 그러나 늘그막에 인생의 무상함을 느껴 출가를 위해 어떤 승려를 찾아간다. 그런데 문득 정신이 들어보니 그 승려는 스승인 육관대사였고, 그 앞에 앉아있는 자기는 성진이었다. 그 모든 것이 하룻밤에 벌어졌던 꿈, 말하자면 아홉 개의 구름이 만들어낸 일장춘몽(一場春夢)이었던 것이다.

서포 김만중은 이 소설을 통해 무엇을 말해주고 싶었던 것일까. 아마도 생의 덧없음과 부귀공명의 부질없음이 아니었을까. 귀양살이를 하는 자기의 처지나 홀로 남은 어머니를 생각하면 세상의 부귀공명이 모두 헛된 것이요, 즐거움도 괴로움도 고통도 모두 한바탕의 꿈처럼 헛되다고 느꼈을 것이다. 그리고 그것으로부터 벗어나 자기나 어머니가 보다 큰 위안을 찾게 되길 원했을 것이다.

헛됨을 깨닫는 것. 그것은 우리로 하여금 집착을 버리게 하고, 신과 자신의 생 앞에 겸손히 무릎 꿇게 만든다. 그리고 모든 것을 내려놓게 하고, 받아들이고 순종하게 만든다. 헛됨에 대한 자각은 우리로 하여금 낮아지게 만들고, 어쩔 수 없이 지고 살아가야 하는 짐을 가볍게 여기라고 가르쳐준다. '이 또한 지나가리라'라는 말도 모든 것은 시간 앞에 무상하다는 것을 알고 집착하지 말기를 권하는 말이다.

그런데 이 지상의 삶이 단지 헛될 뿐만 아니라, 나아가 이 세상은 고통 그 자체이며 차라리 태어나지 않는 것이 더 나았을 거라고 가르치는 사람도 있다. 인생은 처음부터 고통이요, 세상은 처음부터 지옥이라는 말이다. 그들에 의하면 부처님이나 예수님의 가르침 따위는 순전히 그 진실을 외면하게 하기 위한 허상에 지나지 않는다고 한다. 말하자면 종교는 고통스런 현실을 감추고 호도하기 위한 방편이요, 아편에 불과하다는 것이다.

우리는 그런 사람들을 가리켜 염세주의자라고 부른다. 그 대표적인 철학자가 우리가 잘 아는 독일 철학자 쇼펜하우어이다. 쇼펜하우어는 이렇게 말했다.

"우리의 삶도 투쟁의 연속이다. 곤궁이나 무료함과의 투쟁일 뿐만 아니라 실제 다른 사람과의 투쟁이기도 하다. 인간은 가는 곳마다 자기의 적대자를 발견하고 끊임없이 싸우면서 살다가 손에 무기를 든 채 죽음을 맞이한다."

그의 저서《의지와 표상으로서의 세계》에서 그는 우리의 생이란 특별한 목적을 가지고 있는 것이 아니라 그저 나를 지배하는 어떤 강한 힘, 즉 맹목적인 생의 의지가 나를 끌고 갈 뿐이라고 주장한다. 예를 들어 내가 사랑에 빠져 죽자 사자 난리를 치지만 그것을 잘 들여다보면 내가 속한 종(種)의 의지가 나로 하여금 그렇게 하게 만든 것일 뿐, 무슨 고상한 가치를 찾아서 그런 것은 아니라는 말이다. 이 의지는 맹목적이며 비합리적인 충동이다. 목적 없는 추구는 방황일 뿐이다. 항상 만족과 안정을 추구하지만 이루지 못하는 맹목적인 삶의 의지는 끊임없이 목적지를 찾아 방황한다. 세상은 서로 다른 의지의 충돌로 가득하다. 전쟁과 살육, 사기와 협잡은 그런 의지들의 표현이며, 인간은 절대로 맹목적 의지의 충동으로부터 벗어날 수가 없다. 그게 세상의 참된 모습이라는 것이다. 이러한 세계에서 인간의 삶은 고통스럽다.

따라서 쇼펜하우어에 의하면 우리가 살아가는 세상은 그렇게 고상한 것이 아니다. 뿐만 아니라 추구해야 할 고상한 가치 같은 것은 애초부터 없었다.

이런 쇼펜하우어의 철학은 인생에서 숙제할 거리가 많아 골치가 아픈 사람들의 속을 시원하게 뚫어주었다. 그리고 스스로 어쩔 수 없는 비참한 운명에 처해 있거나 희망 없이 방황하는 사람들에게 '그게 세상이야.' 하는 이상한 위안을 주기도 하였다. 그의 염세 철학 속에는, 세상에 찾아볼 무언가가 있다고 믿는 사람, 엄숙하고 질서를 좋아하는 사람, 이성적인 사람들의 뒤통수를 한 대 후려갈기는 통쾌함이 있었다.

사실 쇼펜하우어는 악동이었다. 그는 엄숙한 분위기를 싫어하였고, 그때 한창 위세를 떨치고 있었던 헤겔의 독일 관념론에 대해서도 멸시의 마음을 숨기지 않았다. 칸트, 피히테 등을 거쳐 헤겔에 이르러 완성된 독일 관념론은, "이성적인 것은 현실적인 것이고, 현실적인 것은 이성적인 것이다."라는 헤겔의 유명한 말에서 잘 드러나듯이 장엄하고 낙관적인 이상주의였다. 쇼펜하우어는 도무지 그런 것들이 세상의 정직한 모습이라고 생각할 수 없었고 그런 말을 하는 사람들은 모두 사기꾼 같다고 생각했다. 실제로 쇼펜하우어는 자신의 저서 곳곳에서 헤겔을 비롯한 독일 이상주의자들을 몽상적인 이론을 퍼트려서 대중을 속여먹는 저열한 사기꾼, 대중들의 두뇌를 오염하는 넌센스 삼류작가, 철저히 무능한 패거리의 두목이라며 비난하기도 했다.

그는 당시 주류 사회와, 주류 사회를 지배하던 무겁고 엄숙한 철학의 가면을 벗겨내고자 했다. 뿐만 아니라 이 세상에 덧씌워져 있는, 고상한 척하는 윤리나 도덕과 같은 틀을 깨어 부수고자 했다. 그런 것은 위장된 껍데기에 지나지 않는다고 생각했기 때문이다.

그러나 그는 당시 사람들의 관심을 별로 끌지 못했다. 때는 바야흐로 나폴레옹 시대였고, 베토벤, 괴테, 헤겔 등 국제 스타급의 화려한 인물들이 너무나 많았던데다 여전히 세상은 합리적인 엄숙주의를 더 좋아했기 때문이다. 대학에서 헤겔의 강의실에는 학생들이 구름처럼 몰렸지만 같은 시간 쇼펜하우어의 강의실은 파리만 날리고 있었다. 이때 그는 빈 강의실에서 투덜거리며 욕을 하고 있었을지도 모른다. 결국 그는 교수로서 자리를 잡는 것을 포기하고 프랑크푸르트 인근으로 내려가 아버지가 남겨둔 유산에 의지하여 은둔하면서 글만 쓰면서 남은 생을 보냈다. 그가 주목을 받은 것은 노년 무렵, 죽을 때가 가까워서였다.

하지만 그는 절제력이 있는 사람이었으며, 그의 염세적인 철학과는 달리 약간은 낙천적이었다. 그는 칸트처럼 정해진 시간에 똑같은 옷을 입고 '아트만'이라고 불교식으로 이름 지어준 작은 푸들 한 마리를 끌고 산책을 나가곤 했다. 평생 독신으로 살았고, 가끔 이웃들에게 심술궂은 미소와 함께 유머가 담긴 말을 던지기도 했다. 베를린에 콜레라가 돌았을 때 헤겔은 미처 피하지 못하고 병에 걸려 죽었지만 쇼펜하우어는 재빨리 프랑크푸르트로 도망간 것만 보아도 그의 처세를 알 수 있다.

아무튼 그의 염세주의는 헤겔식의 엄숙주의 속에서 살아남아 지금까지도 많은 사람들에게 감동을 주고 있다. 그것은 염세주의가 담고 있는, 이 세상의 어두운 측면에 대한 정직한 고백 때문이기도 할 것이다. 부처님도 생은 일체가 고(苦)라고 하였지만 그 고통은 열반으로 가는 첫 관문으로서의 고통이다. 즉 고집멸도(苦集滅道)의 첫 스타트 지점으로서의 고통이고, 회피해야 할 무엇이 아니라 적극적으로 깨달아야 하는 고통이다. 그러나 쇼펜하우어의 염세는 그런 것이 아니다. 그냥 세상은 약육강식의 투쟁이 난무하는 '지옥 같은 것'일 뿐이고 누구도 그것을 피하거나 벗어날 수 없는 것이 현실이다.

단테가 쓴 《신곡》의 〈지옥편〉을 보면 지옥으로 들어가는 문 입구에 "이곳에 들어오는 자 모든 희망을 버려라."라는 말이 써 있다고 한다. 생의 밑바닥에 이른 노숙자에게 희망을 가르치는 것은 어쩌면 위선일 수도 있다. 희망은 쓸데없는 기대를 만들고, 쓸데없는 기대는 집착을 만들며, 집착은 불행을 낳는다. 지옥에는 그저 고통만이 있을 뿐이다. 희망을 버리면 그냥 그 고통을 있는 그대로 받아들이게 된다. 그것은 지옥으로 들어가는 자에게 신이 마지막으로 준 위로의 메시지인지 모른다. 만일 이 세상이 지옥이라면 우리에게도 그 메시지는 유효할 것이다.

그러나 쇼펜하우어는 모든 권위와 기존 관념을 파괴하는 아웃사이더 이상은 아무것도 아니다. 영화 〈매드맥스〉를 보면 질주와 파괴가 화면을 가득 채우고 있다. 통쾌하지만 아무런 대책이 없다.

고통과 허무에도 불구하고 우리의 생은 지속되고 생이 지속되는 한 우리는 염세가 아닌 '운명애(Amore fati)' 같은 것을 가지지 않을 수 없다. 인생의 덧없음과 허무를 자각하되 그것을 넘어 새로운 긍정으로 가는 길을 찾지 않으면 안 된다. 적극적인 자기 부정은 적극적인 자기 긍정으로의 문이기도 하기 때문이다. 우리가 종교적 가르침을 찾는 이유도 거기에 있다.

죽음 없는 부활이 없는 것처럼, 부정을 통해 자기 긍정으로 돌아가는 순간 우리는 새로운 세계를 발견하게 된다. 바로 '영적인 존재'로서의 참된 자아이다. 이기적인 자기는 부정되어 마땅하지만, 늘 거기에 있었고 불생불멸하는 참된 자아는 우리가 궁극적으로 찾아가야 하는 무엇이다. 그리고 그 탐구는 이미 수많은 선인들이 해왔고 지금도 깬 사람들이 하고 있는 것이다. 서양 정신의 빈곤함이 막다른 골목에 이른 자리에 쇼펜하우어 같은 염세주의자와 니체 같은 허무주의자가 있었다. 하지만 동양적 묵상의 세계는 보다 깊은 곳으로 우리를 안내한다. 참된 '나'인 아트만(atman)은 참된 우주인 하나님, 곧 브라만(brahman)과 만나 하나가 된다. 예수님께서도 말씀하셨다.

"만일 너희가 너희 자신을 알지 못한다면, 너희는 결핍 속에 있을 것이요, 결핍 그 자체가 될 것이다."(〈도마복음〉 3장)

어차피 우리가 세상에 온 것은 우리의 의지가 아니었다. 그것은 우리의 선택도 아니요, 우리의 부모가 선택해준 것도 아니다. 나라는 존재가, 이 '나'라는 의식을 가진 존재가 어떻게 생겨나게 되었는지 설명할 수 있는 사람은 지금까지 아무도 없었다. 수많은 인연들이 모여서 되었든 우연에 지나지 않는 것이든 나라는 존재가 이 세상에 존재하게 된 것은 불가사의한 일이다.

지혜가 깊어가면 놓아버려야 할 질문이 몇 개 있다고 한다. 그중에는 "나는 무엇인가?" "나는 어디서 와서 어디로 가는가?"라는 질문도 있다. 그런 질문은 무의미하지는 않지만 답이 있는 것이 아니다. 답이라고 제시되어 있는 것들도 하나의 신념 체계에 지나지 않는다.

언젠가 사막에 갔다가 밤하늘에 펼쳐진 깨알 같이 많은 별들을 보면서도 그런 생각이 들었다. 이 광대한 우주는 수수께끼로 가득하다. 물리학적으로도 설명하기 어려운 일들이 저 광대한 우주를 배경으로 펼쳐지고 있다.

우주가 얼마나 광대하고 넓은지는 우리의 상상력으로 미처 상상하기도 힘들다. 우주에서 거리를 나타내는 광년이라는 것만 봐도 그렇다. 광년은 빛의 속도이다. 빛은 1초에 30만 킬로미터를 날아간다. 지구에서 태양까지의 거리가 아무리 멀다 해도 8분 여 정도면 도달하는 속도이다. 이 빛이 1년을 날아가면 약 9조4천억 킬로미터 정도가 된다. 계산하기 좋아하는 사람들이 계산한 바에 의하면 지구를 3억7천 개 쭉 늘어놓은 만큼의 거리라고 한다.

이렇게 빠른 빛이 지구에서 가까운 별인 센타우루스좌의 프록시아라는 별에 도달하는 데 약 4.2광년, 4년하고 몇 달이 더 걸린다. 그리고 우리 은하계와 가장 가까운 이웃에 있는 안드로메다 은하에 도달하기 위해서는 무려 220만 년이 걸린다고 한다. 빛의 속도로 220만 년을 날아가야 한다니 상상하기조차 어렵다. 그런데 우리가 밤에 바라보는 우주에는 이런 별이나 은하들이 셀 수도 없이 많이 있다.

나는 가끔 그 숫자를 생각하며 불교에서 전하는 "갠지스 강의 모래알처럼 많은 갠지스 강의 모래알"이라는 말을 떠올린다. 갠지스 강의 모래알이 얼마나 많겠는가. 그런데 그 모래알 하나하나만큼 많은 갠지스 강이 있다면 거기에 있는 모든 모래알의 수는 도대체 얼마가 되겠는가. 이런 우주 속에서 지구는 먼지도 채 되지 않을 것이다. 그 지구 위에는 다른 운명을 지닌 수십억의 인간들이 살다 갔고, 살아가고 있고, 또 미래에 살 것이다. 그중의 하나인 나에게 그런 거창한 질문은 처음부터 어울리지도 않았는지 모른다. 개미에게 너는 왜 사느냐고 묻는 것이나 다름없기 때문이다.

우리는 그냥 살 뿐이다. 일찍이 선지식(善知識)이었던 숭산 스님은 그냥 먹을 뿐, 그냥 잘 뿐, 그냥 있을 뿐, 일체의 질문을 내려놓으라고 말했다. 내 한 평생의 삶이란 게 별것 아니며, 나의 죽음 역시 별것 아님을 각성해야 자유롭게 된다. 사도 바울이 "나는 매일 죽는 자"라고 한 것도 그런 의미일 것이다. 그는 이 세상에 속한 자기를 강하게 부정함으로써 오히려 이 세상에서 주어진 짐과 고통을 기꺼이 감당할 수 있었고, 내일 죽음이 기다리는 감옥에 갇혀서도 코를 골며 잠을 잘 수 있었다.

인생의 '덧없음'에 대한 각성과 자기 삶에 대한 긍정적인 의미 발견은 둘이 아니라 하나이다. 염세주의자였던 쇼펜하우어도 말년에 이렇게 말했다.

"생의 덧없음과 허망함의 속성을 분명히 인식하면 할수록, 우리는 자신의 내적 본질의 영원함을 또한 분명하게 인식하게 될 것이다."

내 인생에
꽃다발을

쇼펜하우어는 인간이 고상한 목적이나 목표 없이 그저 '맹목적 생의 의지'에 따라 살 뿐이라고 했지만, 그와 반대로 인간은 분명한 목적이 있어야 살아갈 수 있다고 주장하는 사람들도 있다.

사실 생의 목적이란 게 있는지 없는지는 증명할 수도 없고, 따라서 이런 것은 무의미한 말일지 모른다. 그러나 생에 목적이 있어야 한다는 말은 분명한 메시지를 담고 있다. 그것은 일종의 당위적 개념이다. 인생은 정답도 없고 왕도도 없으며 생의 의미 운운하는 것은 편의적인 가정에 지나지 않을지 모른다. 그렇지만, 그렇다하더라도, 우리의 생에 목적이 있어야 한다는 당위성만은 여전히 유효하다.

어차피 우리는 이 세상에 태어났고, 살아가야 하며, 살아가는 한 어떤 목표를 향해 나아가지 않으면 안 되기 때문이다. 사막에 불시착한 비행기 조종사가 아무리 사방이 모래뿐이라 하더라도 하나의 방향을 정해 나아가지 않으면 안 되는 것과 같다. 사막을 빠져나올 수 있는지 없는지는 다음 문제다. 목표가 있는 한 그는 어렵지만 한 발짝 두 발짝 앞으로 내디딜 힘이 생기는 것이다. 미리부터 희망을 버리라고 외칠 필요는 없다.

이같은 주장을 한 대표적인 사상가가 바로 심리학자인 빅터 프랭클(Viktor Frankl)이다. 유태인으로 아우슈비츠의 죽음의 수용소에서 살아남은 그는, '인간은 의미를 따라 살아가는 존재'라고 했다. 우리는 주어진 삶 속에서 무언가를 추구하며, 그 추구하는 의미가 우리로 하여금 삶의 가치는 물론 살아갈 에너지를 준다는 것이다.

그는 말한다.

"살아갈 이유를 알고 있는 사람은 거의 어떤 상황에서도 견뎌낼 수 있다."

우리 옛 속담에도 '등짐을 진 사람이 산을 끝까지 올라간다'는 말이 있다. 실제로 배낭 속에 돌멩이라도 넣어서 올라가는 사람이 빈 몸으로 산을 올라가는 사람보다 더 산을 잘 올라간다고 한다. 확실한 이유는 모르겠지만 등에 어느 정도의 무게가 실렸을 때 오는 긴장감과 균형감, 그리고 서두르지 않도록 제어해주는 절제력 등이 작용하기 때문일 것이다. 중국의 높은 산에서도 대나무 막대기에 무거운 짐을 매달고 산길을 오르내리는 짐꾼들을 볼 수가 있다. 그 무거운 짐을 지고 그들은 매일같이 마치 고행이라도 하는 사람처럼 끝도 없는 계단을 오르내리는 것이다.

우리의 인생도 마찬가지다. 아무런 의무도, 짐도 없는 사람이 훨씬 더 잘 살고 행복할 것 같지만 그렇지가 않다. 너무 무거워서 쓰러질 정도가 아니라면 우리는 자기 몫의 짐을 지고 가야 한다. 그것이 때로는 우리가 살아가야 할 이유가 되기도 하고, 기쁨이 되기도 한다. 우리가 인생을 완주하는 힘도 거기서 나오는 것인지도 모른다.

그 인생의 짐, 삶의 의미는 꼭 하나로 정해져 있는 것이 아니라 사람마다 다르다. 빅터 프랭클은 이렇게 말한다.

"삶의 의미는 사람마다, 날이면 날마다, 그리고 시간이면 시간마다 달라진다. 그렇기 때문에 중요한 것은 일반적인 삶의 의미가 아니고, 오히려 주어진 그 순간에 그 사람만의 삶의 특수한 의미이다."

그것을 그는 죽음의 수용소에서 직접 체험했던 것이다. 그는 아우슈비츠에서 하루에도 수많은 목숨들이 자신의 의지와 상관없이 무작위로 죽어나가는 것을 보았다. 그러나 수용소 안에서도 나름의 희망이 있고, 순간적인 행복도 있다. 이를테면 어떤 수감자는 우연히 배급량보다 많은 빵을 구할 기회가 생겼다. 그는 그것을 품속에 깊이 감추고 작업을 하면서 그 얼어붙은 한 조각의 빵 생각으로 하루 종일 행복할 수 있다. 그리고 무작위로 나누어준 신발이 자기 발에 꼭 맞았을 때, 그는 맞지 않는 신발을 받은 다른 사람의 불운에 연민을 느끼며 작은 행복감을 맛보기도 한다. 그런가 하면 방금 이야기를 나누었던 동료의 시체를 바라보며 뜨거운 수프를 먹는 자신을 발견하기도 했을 것이다.

그러나 어떤 극한 상황에서도 우리를 견뎌낼 수 있게 하고 삶의 의미를 가지게 해주는 것은 바로 '사랑'이다. 사랑이야말로 힘든 상황을 견디고 이겨나가게 해주는 진정한 힘이다. 빅터 프랭클은 수용소에 들어오면서 아내와 헤어졌다. 더 이상 그녀의 생사를 확인할 길이 없었을 뿐더러 자기의 내일도 알 수 없는 상황이었다. 그러나 그는 사랑하는 아내가 어딘가에 살아있을 것을 생각하며 하루하루를 이겨나갔다. 그가 그곳에서 절망하지 않고 끝까지 살아남을 수 있었던 것은 오로지 아내를 향한 사랑 때문이었다고 한다.[17]

이와 비슷한 이야기는 쌩 떽쥐베리가 쓴《인간의 대지》에도 나온다.《어린왕자》를 쓴 쌩 떽쥐베리는 작가로 더 알려져 있지만 본업은 작은 2인승 비행기로 우편물을 나르는 우편배달 조종사였다. 비행기에서 바라본 밤하늘에는 수많이 많은 별들이 빛나고 있다. 그리고 저 아득한 아래 지상에는 점점이 인간들이 살아가는 마을의 불빛이 빛나고 있다. 그가 그 작은 우편배달 비행기를 타고 사하라 사막과 안데스 산맥을 넘나들며 보고 겪었던 이야기를 바탕으로 쓴 이야기가 바로 우리가 알고 있는《어린왕자》이다. 사막에 불시착한 조종사와 낯선 별에서 온 어린 왕자의 이야기를 동화 형식으로 쓴 것이다.

그는 눈 덮인 안데스 산맥에 불시착하여 죽을 뻔한 고비도 맞았는데《인간의 대지》는 그 이야기를 담은 것이다. 안데스의 설원에 불시착한 쌩 떽쥐베리는 동료인 통신원과 함께 필사적으로 눈길을 헤치며 산을 걸어서 내려온다. 추위와 굶주림, 그리고 수시로 찾아오는 포기하고 싶은 절망감과 싸워야 했다. 가장 무서운 유혹은 잠이었다. 잠은 곧 죽음을 의미했다. 지칠 대로 지친 몸은 달콤한 잠의 유혹과 사투를 벌이지 않으면 안 되었다.

그때 그들을 잠들지 않고 내려오게 한 힘은 단 하나, 자기들을 기다리고 있을 사랑하는 가족들의 얼굴이었다. 사랑만이 지친 다리를 끌고 무서운 잠의 유혹에서 벗어나게 해주었던 것이다.

책 속에는 이런 구절이 있다.

"사랑은 마주 보는 것이 아니라 같은 곳을 바라보는 것이다."

철학자들은 보편적인 사랑을 이야기한다. 하지만 작가와 심리학자들은 일상적으로 나누는 작은 사랑의 힘에 대해 이야기한다. 수많은 문학 작품을 관통하는 사랑은 그 일상적이고 개별적인 사랑을 통해 보편으로 나아간다. 그래서 빅터 프랭클은 삶의 의미가 사람마다 다를 수 있고, 날마다 다를 수 있음을 인정해야 한다고 말했던 것이다.

우리가 생의 무의미함, 덧없음을 이야기하는 것은 어쩌면 무언가 거창한 것에 대한 기대 때문인지도 모른다. 인생의 의미는 물으면 물을수록 깊은 곳으로 빠져드는 늪과도 같다. 그것은 애초부터 답을 필요로 하는 것이 아닌지도 모른다.

그래서 그는 이렇게 말한다.

"우리는 삶의 의미에 관한 질문을 멈출 필요가 있다. 그 대신 우리는 거꾸로 우리들 자신을 매일같이, 또는 수시로 삶에게서 질문을 받는 존재로 생각해야 할 것이다. 그리고 우리의 대답은 반드시 명상이 아닌 올바른 행동과 올바른 처신으로 이루어져야 한다. 궁극적으로 삶의 의미는, 자기 삶에 대해 올바른 대답을 찾아내는 것과 관련이 있다. 개개인 앞에 놓인 삶의 과제를 수행해 나가는 것이 그 대답이다."

삶의 의미는 내가 물어야 하는 것이 아니라 내가 대답해야 하는 무엇이라는 것이다. 우리는 자기 삶의 의미를 흔히 누군가가 주는 것으로 생각하기 쉽다. '나는 왜 사는가?' '내 삶의 목적은 무엇인가?'라는 질문에 누군가가 대답해주기를 바란다. 그러나 불행히도 그런 대답을 해주는 존재는 아무 데도 없다. 설사 종교가 있어 하나님이나 부처님을 믿는다 하더라도 답을 찾아가는 것은 자기 자신이다. 자기가 찾지 못하는 이상 답이 스스로 와주지는 않는다. "두드려라, 그러면 열릴 것이다."라는 말이나 "구하라, 그러면 얻을 것이다."라는 성경의 말도 먼저 스스로 두드리고 구하지 않는 이상 아무것도 주어지지 않는다는 뜻일 것이다. 그래서 우리는 '왜'라는 질문 대신 '어떻게'라는 질문에 익숙해져야 한다. '어떻게'를 찾아 노력하는 중에 자연히 자기 삶의 의미를 발견하게 되는 것이다.

'로고테라피(Logotherapy)'라 불리는 빅터 프랭클의 심리치료법은 과거 프로이트나 융이 주장했던 이론과는 달리 인간의 고귀한 품성에 대한 굳은 믿음 위에 서 있다. 죽음을 앞둔 사람들은 누구나 자신의 살아온 삶에 의미를 부여받고 싶어 한다. 세속적으로 성공한 삶을 살았던 사람이나 실패한 삶을 살았던 사람이나 마찬가지이다. 인생을 완주한 자들은 누구나 꽃다발을 받을 자격이 있는 것이다. 자기 삶을 꾸리는 주체는 궁극적으로 자기이며 의미 발견을 해야 하는 것도 자기이다. 신은 단지 수많은 기회를 제공해주었을 뿐이다. 오늘날처럼 심각한 가치 혼란을 겪는 시대에, "삶의 의미는 내가 물어야 하는 것이 아니라, 내가 대답해야 하는 무엇이다."라는 빅터 프랭클의 말은 우리에게 인생이 무엇인지 다시 한 번 깊이 생각해보게 한다.

사랑과 불멸,
'젊은 베르테르의 슬픔'

늙지 않고 오래 사는 불로장생은 인간의 영원한 꿈이다. 진시황은 불로장생의 약초를 구하기 위해 선남선녀를 뽑아 동방 끝까지 보내었고, 이집트의 파라오는 거대한 피라미드를 쌓고 내장을 파내어 미라로 만들었다. 그러나 그런 꿈은 절대로, 한 번도, 이루어진 적이 없다.

그런데 눈을 돌려 보면 인간은 이미 불멸의 꿈을 조금은 이루어 오고 있다. 그 방식 중의 하나가 바로 누구나 잘 알고 있는 에로스, 즉 사랑이다. 사랑은 불멸로 가는 마법의 약이다. 문학을 포함한 모든 예술은 바로 그 불멸인 사랑과 숙명인 죽음에 바치는 연가인지 모른다. 인간은 사랑을 통해 개체가 숙명적으로 지닌 유한성을 극복하고 영원한 생명을 얻는다. 사랑은 죽음을 넘어 영원한 지속으로 인간을 인도한다.

독일의 문호 괴테가 쓴《젊은 베르테르의 슬픔》이란 소설이 있다. 서간체 형식으로 된 이 소설은 청년 베르테르가 무도회에서 만난 로테라는 여자에게 한 눈에 반하면서 시작된다. 하지만 로테에게는 이미 약혼자가 있다. 지금 보면 전형적이고 상투적인 삼각관계이다. 그런 삼각관계란 필연적으로 비극을 예고하는 법이다. 끝내 이루어질 수 없는 사랑 때문에 괴로워하던 베르테르는 로테에게 마지막으로 사랑을 고백한 다음, 그녀의 약혼자에게서 빌린 권총으로 생을 마감하고 만다.

이 비극적인, 그러나 달콤한 로맨스는 요즘 관점으로 보면 거의 삼류소설 같은 구조지만 당시에는 얼마나 많은 젊은이들의 심금을 울렸던지 소설 속 베르테르와 같은 옷을 입고 다니고 심지어 베르테르처럼 권총 자살을 하는 젊은이들이 우후죽순처럼 나타났다고 한다. 요즘도 모방 자살을 가리켜 '베르테르 효과'라는 말을 쓸 정도니까.

그런데 여기서 우리가 눈여겨봐야 할 메시지는 바로 이것이다.

'사랑은 죽음보다 강하다!'

죽음보다 강한 사랑……. 젊은 베르테르뿐만 아니라 사랑 때문에 기꺼이 목숨을 바친 사람들의 이야기는 어느 나라에서나 전설이 되어 숱하게 전해 내려오고 있다. 일제강점기에는 〈사의 찬미〉로 유명한 우리나라 최초의 소프라노 가수 윤심덕이 연인과 함께 현해탄에 몸을 던져 세상을 놀라게 했다. 셰익스피어의《로미오와 줄리엣》이나 우리나라 《춘향전》도 사랑이 때때로 죽음을 넘어선다는 것을 보여주는 좋은 예일 것이다. 사랑하는 연인을 찾아 지옥으로 찾아간 가수 오르페우스의 이야기 역시 그러한 종류다.

어디 그들만이겠는가. 모르긴 몰라도 지금도 '사랑은 죽음보다 더 강하다'고 외치고 다니는 젊은이들이 숱하게 있을 것이다.

그런데 쇼펜하우어 같은 철학자나 생물학자들에 의하면 남녀 간의 이 지고지순한 사랑도 근저에는 교묘하게 가려진 자기 보존과 확장을 위한 욕망, 즉 섹스를 통한 불멸의 소망이 숨겨져 있다.

그들에 의하면 모든 사랑은 그 자체가 번식을 위한 이기적인 본능이다. 종종 문화적 장치와 예술적 승화로 장식되어 있지만 불타는 사랑의 내면에는 암컷과 수컷이 만나 교배하고 자손을 만들어 자신의 DNA를 다음 세대에 남기고 싶은 강렬한 욕구가 숨겨져 있다는 것이다. 베르테르나 로미오가 들으면 자신들의 지고한 사랑이 모욕당한 것처럼 불쾌해할지 모르지만, 사랑에 빠진 사람은 각자 자신이 선택한 우수한 배우자의 몸을 통해 자신의 유전자를 전달하고 싶어 안달이 나 있는 상태이다. 말하자면 교미기의 암컷과 수컷에게 나타나는 전형적인 맹목성, 공격성, 이기성, 이런 것이 사랑 뒤에 비수처럼 감추어져 있는 것이다.

오늘날 카페에서 만나는 젊은 남녀들도 마찬가지이다. 그들은 알고 보면 대부분 짝짓기를 위해 그렇게 긴 시간 쓸데없는 이야기를 나누며 시시덕거리고 돈을 쓰고 있는 것이다.

그렇다고 기분 나쁘게 생각할 필요는 없다. 섹스는 죽음에 대한 두려움, 자기 부정과 소멸에 대한 두려움에서 우리를 구원하는 힘이다. 우리는 섹스를 통해 자기를 연장한다. 동물이나 식물이나 죽음의 위험에 직면하면 필사적으로 성적 에너지를 발산하여 어떻게 해서든 자기 DNA를 보존하려 한다. 밑동이 잘린 나무가 빨리 열매를 맺고, 폐병 환자가 과도한 성적 집착을 보이는 것도 그런 이유 때문이다.

"생육하라. 번성하라."는 〈창세기〉의 말이 아니더라도, 번식을 통해 자기를 무한정 확장하고자 하는 힘은 실로 무서울 정도이다. 봄날 대기를 온통 뒤덮는 민들레 씨앗이나 버드나무 씨앗을 보면 알 수 있다. 교미기가 되어 모인 고래들이 자손을 남기기 위해 쏟아내는 정자는 바다를 하얗게 뒤덮고도 남을 정도라고 한다. 우리는 이것을 사랑이라고 하지만 종(種)의 입장에서 보자면 다른 종을 압도하는 번식력으로 세상을 지배하고 싶은 끔찍한 이기성이 숨겨져 있다. 죽음은 어쩌면 이 무한한 확장 의지를 제어해주는 힘인지도 모른다.

만일 그런 번식력을 제어할 죽음이 없다면 어떻게 될까. 한 생물학자가 이 쓸데없는 일을 계산하였는데, 만일 단 한 개체도 죽지 않는다고 할 때 한 개체에서 비롯된 자손이 이 지구를 둘러싸는 데 걸리는 시간은 인간은 2일, 짚신벌레는 42일, 파리는 1년, 대구는 4년, 쥐는 8년, 클로버는 11년, 코끼리는 100년이 걸린다고 한다. 어떤 계산법인지는 잘 모르겠으나 짧은 시간에 지구가 터져나갈 거라는 건 확실하다.

젊은 시절 사랑에 빠진 친구 한 사람이 즐겨 부르던 노래가 있었다. 〈내 사랑은 불사조〉란 노래였다. 그는 이 노래를 부르며 울기도 했고, 행복해하기도 했다. 불사조는 천 년에 한 번 불 속에 뛰어들어 자기 몸을 태우고 다시 태어난다. 불사조가 상징하는 것도 바로 사랑과 섹스이다. 그 속에는 지고지순한 것과는 거리가 먼, 죽음을 넘어 자아를 영원히 보존하고자 하는 생물의 이기적인 본성이 숨겨져 있다. 번식을 통해 불멸로 나아가려 하는 것은 모든 생명체에게 주어진 의무이자 본능이다.

남녀 간의 사랑만이 아니다. 우리는 자기도 모르는 사이 죽음을 극복하려는 여러 가지 시도를 하고 있다. 그 중의 하나가 불멸 프로젝트, 혹은 공포 관리 이론이라 불리는 것이다.

불멸 프로젝트란 한마디로 불멸을 보장하는 종교적 신념이나 사회적 신념을 확립함으로써 자신이 죽지 않고 영원히 산다는 믿음을 사실로 받아들이는 것을 말한다. 소크라테스가 가졌던 영혼불멸의 신념도 그런 것에 속한다. 육신의 죽음을 넘어서는 또 다른 영속적인 자아가 존재한다는 믿음, 그것이 나의 영원성을 보장해주는 장치이다. 이집트의 파라오가 미라를 만들고 피라미드를 만든 것이나, 진시황이 거대 분묘를 만들고 지하 병마용을 만든 것도 불멸 프로젝트의 일환이다.

그들만이 아니다. 모든 종교는 은연중에, 아니면 공공연히 불멸 프로젝트를 진행하고 있다. 불멸의 보장이 없다면 아무도 종교를 갖지 않았을 것이다. 내세든, 다음 생이든, 천국이든 무엇이든 영원한 사후의 세계가 보장되어야만 비로소 인간은 죽음의 공포로부터 벗어나 안도의 숨을 쉴 수 있는 것이다.

또 다른 불멸 프로젝트로 집단성이 있다. 인간은 개미나 벌처럼 집단을 이루어 살아가는 사회적 동물이다. 정치적, 경제적, 문화적, 이데올로기적으로 같은 인간들끼리 모여서 집단을 형성하는 것이다. 이렇게 만들어진 집단적 자아는 나의 개인적 자아를 넘어선다.

집단적 자아는 집단이 공유하는 것, 즉 같은 민족, 같은 종교, 같은 역사, 같은 이념으로 똘똘 뭉쳐져 있다. 같은 것이 많을수록, 그리고 바깥에 적이 많을수록 집단성은 강화되고 배타적이 되며, 집단에 대한 충성도나 애국심도 높아진다. 예를 들어 전쟁은 피아를 가르고 증오심과 애국심을 심어준다. 증오심과 애국심이 없다면 아무도 적진을 향해 달려가는 무모한 짓을 하지 않을 것이다. 조폭들이 같은 패거리를 위해 기꺼이 죽음도 불사하는 것이나, 애국적 사명감에 넘치는 젊은 군인이 기꺼이 폭탄을 매고 적진으로 뛰어드는 것도 마찬가지다. 개체로 하여금 전체를 위해 기꺼이 자기를 희생하게 하는 보이지 않는 힘이 작동하는 것이다.

인간 뿐만 아니라 벌이나 개미도 평생을 전체의 안정과 행복을 위해 봉사하고 무서운 외적이 침입해왔을 때는 아낌없이 자기 생명을 헌신하며 전체를 지키기 위해 노력한다. 꿀벌이 자기보다 100배나 강한 말벌의 공격에 대항하여 기꺼이 목숨을 바치는 것도 개체의 죽음을 넘어 전체의 생명을 보존하기 위한 방법이다. 개체는 죽어도 그들의 집단은 살아남아 그들만의 유전자를 보존하는 것이다. 이런 집단성은 무리를 지어 생활하는 모든 생명체의 공통된 모습이다. 거기서 개체 단위는 무의미하며 오로지 중요한 것은 전체의 생존이나 진화일 뿐이다. 각 개체는 전체를 통해 자기 생명의 연속성, 영원성을 획득하게 되는 것이다. 그리고 어쩌면 거기서 자기 생명의 유한성과 무상함을 극복하고 '불멸'의 감정을 느끼는지도 모른다.

개미나 벌에서 보이는 이러한 집단성, 집단적 생명성이 인간의 세계에서는 바로 '문화적 세계관' 혹은 그냥 '세계관'이라 불리는 것이다. 세계관이란 문자 그대로 세상을 바라보는 눈을 말하는데, 그 눈은 상당 부분 자기가 속해있는 집단의 전통과 교육에 의해 규정된다. 편견과 오해가 여기에 불쏘시개 역할을 한다.

편견과 오해는 진리의 적이지만 집단적 세계관을 만드는 데 있어서는 필요악이다. 이슬람 세계에서 나고 자란 사람은 세상을 바라보는 데 이슬람식 편견과 오해를 가지게 되고, 기독교 세계에서 나고 자란 사람은 세상을 바라보는 데 기독교식 편견과 오해를 가지게 된다. 그것이 그들을 집단화하는 힘이다. 그리고 집단화된 생각이 곧 이데올로기다.

그들은 그들만의 세계에서 평화를 얻고, 그들만의 세계가 진리이다. 그들 밖에 있는 자들은 모두 잠재적인 적이다. 그래서 인종청소 같은 대규모의 학살이 가능해지는 것이다. '나는 죽어도 조국은 영원하다!' 혹은 '날 알아주는 친구를 위해서라면 나는 죽어도 좋다!'는 구호가 많을수록 위험한 사회가 된다.

그러나 한편으로 생각하면 이것 역시 '죽음을 부정하는 고도의 방어기제'이다. 어차피 개인이란 죽음 앞에 취약할 수밖에 없고, 필연적으로 죽을 수밖에 없는 존재이다. 이때 집단적인 세계관, 즉 문화적 동류의식은 인간의 취약성과 죽음에 대한 두려움을 완화시켜준다.[18] 나아가 보다 고귀한 가치에 대한 열정에 불타게 하고, 죽음을 초월한 무언가를 위해 기꺼이 목숨을 바칠 마음의 준비를 하게 만드는 것이다. 이 순간 사람은 사랑하는 연인을 위해, 혹은 자신을 위해 스스로 권총으로 자살을 하는 젊은 베르테르나 별반 다를 바가 없이 된다. 그들은 다 같이 자신의 죽음을 넘어선 또 다른 가치가 있다고 믿고 있는 것이다. 그리고 그런 믿음은 집단의 오랜 학습이나 교육, 본능에 따라 무의식적으로 심어지게 마련이다.

고래로부터 위정자들은 통치의 수단으로 이런 불멸 프로젝트를 이용해왔다. 그들은 이데올로기라는 허상을 만들어 국가에 충성하게 만들고, '하일 히틀러'나 '총화 단결'의 구호에 따라 개인들이 마치 개미나 벌처럼 움직이도록 학습시킨다. 이런 믿음이 개인으로 있을 때의 불안과 두려움, 그리고 불멸을 탐하는 인간의 기본적 욕구와 맞아떨어져 독재에 대한 자발적 충성심으로 나타나게 되는 것이다.

인간은 자신을 지배하는 독재자를 미워하고 싫어하지만 동시에 그 독재자가 만들어놓은 전체 속에서 편안함과 위안을 느낀다. '보수'라는 것은 그 자체가 이데올로기라기보다는 하나의 본능에 가깝다. 모세가 파라오의 노예였던 히브리인들을 데리고 광야로 탈출했을 때, 열광하던 사람들은 곧 파라오의 밑에서 살았던 시절을 그리워하며 불평했다. 인간은 자기를 지배하는 강한 힘을 거부하면서도 그 밑에서 안도한다. 인류 역사에 독재가 끝없이 탄생하는 것은 이 때문이다. 독재자는 자기를 따르는 어리석은 대중 없이는 절대 존재할 수가 없다. 그것이 전체주의를 가능하게 만드는 근거이다. 집단성, 전체주의는 그 패악에도 불구하고 심리적으로는 그 구성원에게 안정을 느끼게 해준다.

그런데 자신을 위해 대단히 유용한 이러한 죽음 방어 기제가 다른 집단이나 타인에게도 유용할까?

아니다. 이런 집단성은 대단히 이기적이고 때로는 공격적으로 나타난다. 한 집단의 세계관은 다른 집단에게는 흔히 끔찍한 재앙이 되기 일쑤이다. 앞에서도 말했지만 모든 전쟁은 내 집단 바깥에 대한 무지와 편견으로부터 출발한다. 과거의 동서냉전이나 현재 벌어지고 있는 기독교와 이슬람의 끝없는 전쟁이 바로 그런 것이다. 그리고 그 근저에는 죽음에 대한 두려움이 있다.[19] 두려움을 느낄수록 인간은 더 반대자에게 잔혹해진다는 연구 결과도 있다. 어느 심리학 교실에서 한 실험 결과, 죽음 인식을 경험한 사람들은 그렇지 않은 사람들보다 두 배나 더 강하게 자신과 다른 견해를 가진 사람을 응징했던 것이다. 이라크에 들어간 미군들이 비이성적이고 과격한 행동을 보이는 것도 그런 이유에서이다.

어차피 세계관 방어 기제가 죽음을 피하고 싶은 인간의 근원적 욕구에서 비롯되었다면, 그것을 행복한 방향으로 돌릴 수 있는 길은 없을까. 다른 집단이나 개인에 대한 공격이나 증오가 아닌 다른 방법으로 말이다.

마녀 사냥의 어두운 시대, 볼테르에 의해 주창되고 퍼져나간 '똘레랑스(tolerance)', 즉 관용이 그 해답이다. 관용이란 한 마디로 나와의 '다름(difference)'을 인정하는 것이다. 여기에는 피부색, 종교, 국가나 민족, 정치적 신념, 경제적 차이가 모두 포함된다. 하지만 관용은 고도의 훈련과 교육을 필요로 한다. 그리고 그 훈련과 교육은 너그러운 사회, 편견에서 벗어난 사회에서만 가능하다.

인류가 살아남기 위해서는 다양함을 존중하고 인정하는 길 외에 방법은 없다. 관대한 사람은 죽음 인식에 직면했을 때 훨씬 더 관대해지는 반면 편협한 사람들은 훨씬 더 편협해지게 마련이다. 집단도 마찬가지다. 야만적인 집단은 다른 집단에게도 그렇게 대한다. 성숙하고 평화로운 집단은 다른 집단에 대해 덜 배타적이고, 덜 공격적이다. 폴리네시아의 원주민의 춤이나 아프리카 원주민의 춤처럼 그저 자기 공동체의 일원임을 확인하는 행위는 거기서 자기 삶의 영속성을 찾기 위해서라면 얼마든지 좋은 일일 것이다.

전체는 개인보다 강하며 더 오래가게 마련이다. 불멸은 개별적 나를 넘어선 전체 집단을 통해 실현가능해진다. 여기서 전체라는 말이 거슬린다면 '공동체'라는 말을 써도 좋겠다. 핵가족 사회보다 대가족 사회, 전통적인 공동체 사회에서 죽음이 훨씬 부드럽고 편안하게 받아들여진다는 것은 인류학적으로도 이미 잘 알려져 있다.

개체가 아닌 건강한 전체 속에 '나의 불멸'의 비밀이 있다.

죽음에 관한 어두운 기억들

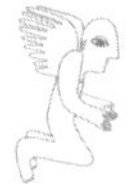

어릴 때 우리 집에 개 한 마리가 있었다. 검은 털에 귀가 제법 쫑긋하여 내가 세퍼트라고 우겼지만 사실은 흔히 똥개라 부르는 잡종개였을 것이다. 학교에서 돌아오면 꼬리를 흔들며 반갑게 달려와 껑충껑충 뛰며 내 손과 얼굴을 핥곤 했다. 그런데 어느 날 이 개가 그만 쥐약 놓은 밥을 먹고 말았다. 개는 고통을 참지 못하고 마당을 미친 듯이 뛰어다니다가 급기야는 창호지 문을 뚫고 방까지 뛰어들었다. 눈에서 파랗게 불이 일었다. 다시 마당으로 나간 개는 비틀거리며 마당가에 있는 우물로 가서 물을 벌컥벌컥 마시고 나더니 맥없이 옆으로 푹 쓰러졌다.

그때 마침 가까이에 있었던 나는 그 개가 할딱거리며 죽어가는 모습을 나무 뒤에 숨어서 두려운 눈으로 지켜보았다. 허연 거품을 물고 가슴뼈를 오르락내리락하며 죽어가던 개의 마지막 모습. 그 후 오랫동안 나는 그 개의 죽음에서 헤어나질 못했다. 너무나 무서워서 자다가도 벌떡벌떡 일어났고, 요에다 오줌을 눈 것도 여러 번이었다. 그 개의 죽음은 파리나 모기나 뱀 외에 내가 이 세상에 태어나 처음 경험했던 가까운 존재의 죽음이었다.

우리 인간의 역사 속에도 그와 같이 두려운 죽음의 기억들이 깊이 각인되어 있을지 모른다. 아득한 옛날 카인이 동생 아벨을 돌로 쳐 죽인 이래, 인간의 역사는 죽임과 죽음의 역사라 해도 과언이 아닐 정도로 죽음으로 점철되었다. 그런 어두운 기억들이 우리 뇌 속 깊이 남아 우리에게 죽음에 대한 원초적인 두려움을 가져다주는 것은 아닐까.

피카소가 그린 그림 중에 〈게르니카〉라는 작품이 있다. 울부짖는 여자와 어린아이, 말과 황소가 입체적으로 표현된 피카소의 대표작이다. 게르니카는 스페인의 작은 도시로, 스페인 내전 당시 쿠데타로 정권을 장악한 독재자 프랑코의 극우정권에 대항하는 바스코 인민정부가 있던 곳이었다.

1937년 4월 27일 화요일 오후, 독일에서 날아온 43대의 비행기가 이 작은 도시에 무차별적으로 고성능 폭탄을 투하했다. 이어 잘 무장된 군인들이 들이닥치고, 무자비한 학살이 시작되었다. 인구 7천 명에 불과했던 작은 도시 게르니카는 금세 지옥으로 변해버렸다. 수천

명이 단 몇 시간 안에 피를 흘리며 죽었다. 이 이야기를 들은 피카소가 분노한 마음으로 만국박람회에 보내기 위해 그린 그림이 바로 그 유명한 〈게르니카〉였다.

피카소가 그린 그림 중에는 신기하게도 우리나라와 관련된 그림도 한 점 있다. 그 그림은 〈게르니카〉보다 훨씬 살벌하다. 6·25 전쟁 중 황해도 신천군에서 일어난 양민학살 사건을 그린 〈조선에서의 학살(Massacre in korea)〉이 바로 그것이다.

어두운 푸른색과 검은색이 주조를 이루고 있는 이 작품에는 죽음의 공포에 질린 어머니와 아이들, 언덕 위에는 파괴된 작은 집, 언덕 아래로 구불구불 뻗은 길이 보인다. 그리고 그 앞에는 기계인간처럼 총과 방패와 갑옷으로 무장한 낯선 병사들이 막 사격을 시작할 것처럼 일렬로 서서 여성들과 아이들을 향해 총부리를 겨누고 있다. 화면에서 금세라도 피가 튀어오르고 비명소리가 울려나올 것만 같다.

그 그림의 배경이 되었던 황해도 신천군에서는 실제로 1950년 10월 17일부터 12월 7일까지 군(郡) 인구의 4분의 1에 해당하는 3만5천여 명이 '누군가에 의해' 학살을 당했다고 한다. 피카소는 비록 우리나라에 와보지는 않았지만 이 야만적인 행위에 대한 분노와 절망 속에서 그림을 그렸을 것이다. 이 그림에는, 〈게르니카〉에서는 어쩌면 볼 수도 있었던 작은 위안조차 찾아볼 수가 없다. 울부짖음도 발버둥도 없다. 그저 철갑옷으로 무장한 외계인 같은 군인들의 총부리 앞에 죽음의 공포와 절망으로 서 있는 우리 어머니와 누이의 모습이 싸늘한 침묵과 함께 보일 뿐이다.

전쟁은 죽음이라는 말과 동의어이다. 어떤 명분으로, 누가 저지른 전쟁이건 전쟁은 참혹한 죽음을 동반한다. 그리고 전쟁은 인류의 역사가 시작된 이래 한 번도 멈춘 적이 없다. 인류의 역사는 전쟁의 역사와 다름없다고 해도 과언이 아닐 것이다. 지금이라도 세계사의 아무 페이지나 한번 열어보라. 그 어느 곳에 어두운 피의 냄새가 나지 않는 곳이 있는가. 철기 시대 이후, 대량 학살을 위한 전쟁 무기는 끝없이 진화했고 지금 이 순간에도 어디에선가 위력을 발휘하고 있다. 그리고 그곳에는 비참한 죽음이 기다리고 있다.

죽음에 대한 우리의 원초적 두려움은 이런 전쟁에 대한 공포로부터 출발하는 것인지도 모른다. 전쟁에 의한 죽음은 오래 살고 싶어하고, '편안히 살다, 편안히 죽고 싶어 하는(安生安死)' 인간의 원초적 욕망을 배반하는 것이다. 생물로 태어난 이상 죽을 수밖에 없다는 생로병사의 필연성과도 본질적으로 다르다. 모두에게 공평한 자연적인 죽음은 순응의 도를 깨닫게 하지만 인간에 의한 인간의 죽음, 전쟁에 의한 죽음은 끔찍한 공포를 불러일으킬 뿐이다.

폭력과 광기는 비단 전쟁과 같은 특별한 상황 하에서만 벌어지는 것은 아니다. 평상시에도 인간은 죽음의 공포를 이용해 인간을 지배한다. 죽음과 죽음에 이르는 과정을 보여주는 것은 한 인간 집단이 다른 인간 집단을 지배하는 가장 공공연하고 효과적인 방법이다.

요즘 전 세계를 경악 속으로 몰고 간 IS의 포로 참수형도 그런 것이다. 검은 두건을 쓴 IS 대원이 칼로 포로의 목을 쳐 죽이는 장면은 인터넷을 통해 전 세계로 중계되어 보는 사람들을 공포와 두려움에 싸이게 했다. 조선시대까지 행해졌던 능지처참형도 반역을 한 죄인들을 갈가리 찢어 죽임으로써 공포심을 극대화시켰던 예이다. 지배 권력은 지배 권력대로, 거기에 저항하며 일어난 새로운 세력은 새로운 세력대로 대중들의 가슴에 공포심을 불러일으키는 가장 효과적이고 끔찍한 방법으로 죽음을 이용했던 것이다.

미셸 푸코가 쓴《감시와 처벌》이라는 책에는 1757년 국왕을 암살하려다 실패한 다미엥이라는 사내에게 내린 판결문이 자세히 나와 있다. 그 내용은 이러하다.

> 손에 2파운드 무게의 뜨거운 밀랍으로 만든 횃불을 들고, 속옷 차림으로 파리의 노트르담 대성당의 정문 앞에 사형수 호송차로 실려 와, 공개적으로 사죄를 할 것. 다음으로 상기한 호송차로 그레브 광장에 옮겨간 다음, 그곳에 설치될 처형대 위에서 가슴, 팔, 넓적다리, 장딴지를 뜨겁게 달군 쇠집게로 고문을 가하고, 그 오른손은 국왕을 살해하려 했을 때의 단도를 잡게 한 채, 유황불로 태워야 한다. 계속해서 쇠집게로 지진 곳에 불로 녹인 납, 펄펄 끓는 기름, 지글지글 끓는 송진, 밀랍과 유황의 용해물을 붓고, 몸은 네 마리의 말이 잡아끌어 사지를 절단하게 한 뒤, 손발과 몸은 불태워 없애고 그 재는 바람에 날려 버린다.[20]

참 친절하기도 한 판결문이다. 증오심에 불타는 인간이 생각할 수 있는 모든 사악하고 잔인한 수단이 다 들어있다. 이런 것을 생각하는 인간의 머릿속에는 악마가 숨어 있을 것이 틀림없다. 어쩌면 전쟁 중의 죽음보다 이런 죽음이 훨씬 더 우리의 머릿속에 어둡고 공포스런 기억을 만들어내고 있는지도 모른다.

전쟁 중의 죽음은 신속하게 이루어진다. 하지만 이런 죽음은 마치 거창한 의식이라도 치르는 것처럼 느리고 잔혹하게 진행된다. 고래로 처형은 공개적으로 모든 사람들이 지켜보는 데서 이루어졌고, 그래서 더욱 잔인하고 끔찍한 방법으로 대중들에게 가학적 즐길 거리(?)를 보여주었다. 예수님이 당하신 십자가형도 공개처형 방식이었다. 망나니가 죄인의 목을 치는 일 따위는 언제 어느 나라에서나 일어나던 일이었고, 네 마리의 말이나 소가 죄인의 묶인 사지를 끌어당겨 갈기갈기 찢어 죽이는 능지처참, 혹은 능지처사(陵遲處死)도 대중들이 지켜보는 가운데 다반사로 벌어졌다. 거열형이라 불리던 능지처사는 그야말로 극악한 방법 중의 하나였다. 손목과 발목, 머리를 단단한 줄로 묶고 네 마리의 소가 사방으로 천천히 끌고 가면 어떻게 될까?

중국 명나라 때 행했던 일명 책형(磔刑)이란 벌은 다미엥이 당한 것이 오히려 약과라는 생각이 들게 만들 정도이다. 책형이란 죄인을 그물로 감싸고 그물코 사이로 드러난 살점을 예리한 칼로 도려내 죽이는 형벌이다. 형리는 죄인이 빨리 죽지 않도록 극도의 주의를 기울이며 오랜 시간에 걸쳐 세심하게 칼질을 한다. 리수충의 책《인류 역사 속에 살아 숨쉬는 죽음 이야기》에는 당시 정만(鄭鄤)이라는 사람이 공개적으로 책형을 당하는 장면이 실감 나게 그려져 있다.

> 이 능지형은 1639년 8월 26일 새벽에 베이징 감석교 서쪽 사패루에서 진행되었다. 아침 일찍 수많은 군중들이 몰려든 형장은 마치 축제라도 벌어진 것 같았다. (…)
>
> 이날 집행을 맡은 형리는 특별히 신경을 써서 현란한 칼춤을 추고 나서 그의 장기를 선보였다. 잠시 후 얇게 저며진 정만의 살점을 꽃잎 모양으로 하나하나 꿰어 연결한 후, 온몸에 둘렀다. 이렇게 하니 사람이 아니라 커다란 고슴도치처럼 보였다. 마지막으로 내장을 꺼내기 위해 가슴을 갈랐다. 피가 뚝뚝 떨어지는 정만의 폐와 간이 장대 끝에 걸렸다. 마지막으로 목을 베어 장대에 걸었다.[21]

마치 기괴하고 역겨운 마술이라도 보는 것 같다. 형벌이 가해지는 동안 죄인은 상당한 시간 목숨이 붙어있는 채로 자신의 몸이 도륙당하는 것을 보아야 했다. 그런데 이런 끔찍한 일이 벌어지는 동안 군중들은 어땠을까. 진저리라도 치며 고개를 돌렸을까. 아니다. 그들은 마치 축제라도 벌어진 것처럼 흥분하여 소리치고 떠들썩하였다고 한다. 심지어 여기저기에 장이 섰고, 엿도 팔고 음식도 팔았다. 동서양을 막론하고 인간이 저지른 이런 야만적이고 가학적인 형벌은 이외에도 수두룩하다.

이른바 '마녀사냥'으로 대표되는 서양 중세의 이교도 재판도 인간이란 동물이 얼마나 위험하고 어리석은지 보여주는 어두운 기억 중에 하나다. 그 속에는 종교의 이름으로 저질러진 온갖 편견과 무지, 기만과 야만이 포함되어 있다.

> 1481년 2월 6일 최초의 이교도 화형식이 거행되었다. 여섯 명의 남녀가 산 채로 불태워져 죽었다. 화형장은 성벽 바깥에 만들어졌고, 네 귀퉁이에는 네 명의 중요한 예언자들의 석고상이 둘러서 있었다. (…) 이교도로 고발된 사람들은 머리를 빡빡 깎인 채 불 꺼진 초를 들고 주변의 시골에서 몰려든 소리치는 군중에 둘러싸여 도시를 가로질러 성당까지 맨발로 걸어가야 했다. (…)
>
> 그해가 끝나기 전에 죽음을 당한 사람들은 5,000명에 달했다. 때로는 하루에 다섯 차례나 어마어마한 수의 사람들이 화형을 당했고, 희생자 중에는 수도사들과 고위 성직자들도 일부 끼어 있었다.[22]

화형대는 군중들이 잘 볼 수 있도록 높이 쌓아올려진 마른 장작 꼭대기에 세워졌고, 화형식이 벌어질 때마다 대중은 축제라도 벌이듯 광란과 흥분의 도가니에 빠지고는 했다. 심지어 일부 구경꾼들은 흥분한 나머지 직접 나서서 고문을 가하기도 했다고 한다. 그와 같은 일은 카톨릭이 지배하던 중세 유럽 전역에서 동시다발적으로 벌어졌다.

앞에서 본 바와 같이 초기 기독교는 이전의 로마제국이 처해 있던 정신적 공허함을 뚫고 들어가 세계적인 종교로 개화하였다. 용서와 관용, 평화와 사랑을 주제로 한 성경의 가르침은 모든 인류가 공감할 수 있는 보편성을 담고 있었다.

그러나 로마화된 기독교는 야만의 얼굴을 감추고 있었고, 이미 재앙을 예고하고 있었다. 더 이상 가난하고 핍박받는 자들의 종교가 아니라 가난하고 핍박받는 자들을 더욱 핍박하고 착취하는 무지하고 탐욕스러운 지배층의 종교로 변해간 것이었다. 황금과 보석으로 치장된 십자가와 호화롭게 장식된 교회 건물은 갈릴리 호숫가에 앉아 먼지 묻은 옷으로 설교하던 예수님의 소박한 소망과는 달리 현세의 권력자들을 위한 도구로 전락하고 말았다. 현세의 권력과 종교적 권력이 하나가 되면서 교황이라는 절대적 권위가 생겨났고, 그를 정점으로 추기경과 주교, 신부, 심지어는 수도원장까지 귀족들의 차지가 되어버렸던 것이다.

이러한 광기는 르네상스 시대까지 계속되었다. 그 속에서 계몽주의 철학자 볼테르는《관용론(Tolerance)》을 써 종교적 무지와 편견에서 빚어진 더러운 살육 대신 사랑과 용서, 관용을 호소하였다. 이성이 움직일 때 비로소 광기는 멈추는 법이다.

그러나 유럽 바깥의 상황은 오히려 악화되었다. 편견과 무지, 그리고 신식 화기와 십자가로 무장한 유럽인들은 르네상스와 산업혁명

이후 발달된 기술을 앞세워 세계정복의 길로 나섰고, 그 결과 '이교도'들이 살고 있는 나머지 대륙 대부분을 피로 물들이는 대재앙을 불러일으켰다. 십자가를 앞세운 죽음의 잔치는 먼저 아프리카 대륙으로 뻗어갔다. 밀림 속에 평화롭게 살던 흑인들에겐 불가항력의 재앙이었다. 총과 대포로 무장한 백인들은 흑인들을 무차별적으로 잡아 죽이고, 노예로 사고팔았다. 이런 일은 몇 세기에 걸쳐 이루어졌다.

가나의 어떤 대학교수가 집계한 데 의하면 당시 아프리카 대륙에서 납치되어 팔려간 노예 수가 줄잡아 1200만에서 1500만이라고 한다. 당시 아프리카의 인구수를 생각하면 그야말로 흰개미 떼가 휩쓸고 지나간 것이나 다름없었을 것이다. 생각해보라. 평화롭게 살아가는 아프리카 숲 속 마을에 총을 들고 느닷없이 닥친 백인들, 그리고 아비규환이 된 마을과 짐승처럼 잡혀 꽁꽁 묶인 채 끌려가는 남녀노소의 사람들…….

당시 그들 백인들은 이 검은 피부의 아프리카인들은 인간이 아니며 영혼도 없다는 믿음 아닌 믿음을 굳게 가지고 있었다. 계몽주의자로 우리에게 잘 알려진 몽테스키외조차 노예에 대해 다음과 같이 말하고 있다.

"흑인들의 코는 몹시 납작해서, 그들을 동정한다는 것은 거의 불가능할 정도이다. 대단히 현명한 존재인 신이 영혼을, 특히 선량한 영혼을 새까만 육체 속에 깃들이게 했다고는 도저히 생각할 수 없다. 인류의 본질을 구성하는 것이 피부색이라고 생각하는 것은 지극히 자연스럽다. (…) 그들을 인간이라고 상상하는 것은 불가능하다. 왜냐하면 우리가 그들을 인간이라고 생각한다면, 사람들은 우리를 그리스도교도가 아니라고 의심할 것이기 때문이다."[23]

무지와 편견이 얼마나 무서운 것인지 알 수 있다.

이렇게 아프리카를 쑥대밭으로 만들어놓았던 그들이 다음에 눈독을 들인 곳은 신대륙 아메리카였다. 그리고 이곳에서 자행된 죽음의 행진 역시 전대미문의 일이었다. 스페인의 무지하고 잔인한 군인들, 부랑자였던 그들 정복자들은 이 '이교도'들을 문자 그대로 짐승처럼 사냥하였다.

숫자로는 약 5000만 내지 1억 명, 전체 인구 비율로는 약 90퍼센트 내지 95퍼센트의 인디오들이 그때 죽었으며 그 학살에 동원된 방법 역시 잔인하기 짝이 없었다. 함께 따라갔던 어떤 신부의 기록에 의하면 주인이 부르는데 빨리 오지 않았다고 죽였으며, 주식인 옥수수를 너무 많이 먹었다고 죽였고, 심심풀이로도 죽였다. 끓는 물에 던져서도 죽였고, 쇠창으로 찔러서도 죽였고, 사냥개의 훈련을 위해서도 죽였다. 죽음은 일상적이었고 흔해 빠진 일이었다. 문명의 얼굴을 한, 이 흰 가면을 쓴 악마들에게 죽음은 아무것도 아니었다.

무지는 편견을 낳고 편견은 무서운 증오를 낳는다. 이런 일들은 오늘날에도 계속되고 있다. 아프가니스탄이나 이라크에 들어간 서방국가 그리고 이슬람 극단주의자들이 저지르는 만행은 지금도 인류의 미래에 우울한 그림자를 드리우고 있다.

아이러니하게도 이슬람이나 기독교는 모두 유대교라는 한 줄기에서 나왔다. 그들은 이름은 다르게 부를지언정 같은 유일신을 믿고, 그 신이 천지를 창조했을 뿐만 아니라 인간의 역사에도 직접적으로 관여하고 있다고 믿는다. 기독교와 유대교, 이슬람교는 창세기와 아담에 관련된 이야기도 공유하고 있고, 아브라함과 모세의 이야기도 공유하고 있다. 그러나 그들은 예수에 대한 해석에서 결정적으로 갈라선다. 한 뿌리에서 나왔지만 그들은 인간의 역사와 함께하며 각각 다른 역사를 가진 종교로 변해갔다. 그리고 마녀 사냥을 낳았던 로마화된 중세 기독교와 마찬가지로, 미국화된 지금의 기독교는 초기 예수의 가르침과 너무 다르며, 극단주의 이슬람은 마호메트의 평화주의와 동떨어져 있다. 종교의 이름으로 이들이 벌이는 무력 행사는 신의 뜻과는 아무런 상관이 없다.

같은 인간에 의해 맞는 이런 무자비한 죽음은 인간이 마지막에 지녀야 할 최소한의 품격이나 존엄성과는 거리가 멀다. 거기엔 어느 곳에도 '웰 다잉'이니, '긴 여행을 끝낸 영원한 안식'이니 하는 고급스런 치사들이 끼어들 여지가 없다. 죽음의 단계 어쩌고저쩌고 하는 말들도 사치스럽다.

이러한 야만적인 죽음은 인간의 뇌리에 어둡고, 역겹고, 공포스런 죽음의 기억을 진한 상처처럼 남겨주었을 것이다. 그리고 그와 함께 죽음에 대한 원초적인 두려움을 심어주었을 것이다.

인간에 의한 죽음 못지 않은, 아니 그보다 더 치명적인 것은 자연에 의한 대량의 죽음이다. 전염병도 그중 하나이다.

14세기 유럽 대륙을 휩쓸었던 흑사병은 사회 체계를 뒤흔들 정도의 위력을 발휘하였다. 중국 남부에서 발생하여 많은 중국인들을 죽음에 몰아넣었던 흑사병은 몽고의 원정대를 따라 유럽으로 건너갔고, 그 결과 그 누구도 상상할 수 없었고 경험해보지 못했던 세기적인 재앙이 일어났던 것이다.

그때 죽은 사람들만 7500만에서 2억 명 정도로, 당시 유럽 인구의 3분의 1 내지 반이 몰살당했다고 한다. 유럽의 역사를 바꾸어놓은 대사건이었다. 무덤을 파는 일꾼들이 쉴 새 없이 삽질을 했지만 아무리 열심히 파도 죽음의 속도를 따라갈 수가 없었다. 매장지가 만원을 이루자 거리에 쌓인 시체를 강물에 던졌고 부패된 강물에서는 악취가 올라왔다. 사회 체계는 무너졌고 교회의 권위도 땅에 떨어졌다. 대신 염세주의가 만연했고 어디에나 냉소적 쾌락주의가 유행했다.

1521년 스페인 군대에서 아메리카로 옮겨간 천연두 역시 당시 원주민의 약 3분의 1의 목숨을 빼앗아갔고, 나폴레옹 군대에 유행했던 발진티푸스는 그의 군대가 모스크바에 채 도달하기도 전에 50만 명을 몰살시켰다. 발진티푸스는 사람의 몸에 기생한 이를 통해 옮겨지는데, 러시아 혁명 당시에는 약 2000만 명의 목숨을 앗아가 레닌이 사회주의가 이기나 이가 이기나 보자고 할 정도였다고 한다.

그런가 하면 1차 대전이 끝날 무렵인 1918년 미군 캠프에서 발병

한 스페인 독감은 6개월이 채 되기 전에 전 세계로 퍼져, 당시 세계 인구의 절반인 10억이 걸리고 2000만 내지 1억이 죽었다. 일제 식민지였던 우리나라에서도 14만 명이 죽었다고 기록되어 있다. 1차 대전 중 총 사망자 수가 대략 1600만 명인 걸 생각하면 스페인 독감으로 죽은 사람의 숫자가 얼마나 되는지 짐작할 수 있을 것이다.

그 외에도 1808년 인도 펀잡 지방을 휩쓸었던 말라리아, 비잔틴 제국의 수도 콘스탄티노플을 시체 더미로 만들고 보스포르스 해협을 시체로 채웠던 일명 '유스티니아누스 역병(Plague of Justinian)', 아테네와 스파르타의 펠로폰네소스 전쟁 당시 아테네를 휩쓸었던 이름 모를 전염병, 1816년과 1829년 세계를 공포 속으로 몰아넣었던 콜레라, 불과 몇십 년 전까지도 일반적으로 유행하였던 결핵, 최근에 발생한 사스나 메르스에 이르기까지 인류는 혹독한 질병의 채찍 아래서 무참하게 죽어가지 않으면 안 되었던 것이다.

이런 질병의 역사 역시 우리 머릿속에 남은 죽음에 대한 어두운 기억일 것이다.

전쟁이나 질병, 자연재해 같은 대규모의 죽음이 아니더라도 우리는 어두운 죽음의 경험을 매일 겪고 있다. 불행한 죽음은 늘 우리 곁에서 우리를 노린다. 살인, 교통사고, 화재와 같은 사건 사고, 테러와 자살 같은 비정상적인 죽음이 부비트랩처럼 널려 있다. 나와 나의 가족에게는 결코 그런 일이 일어나지 않으리라 믿지만, 한편으론 그런 불행한 죽음이 우리에게도 얼마든지 일어날 수 있다는 불안감이 언제나 가슴 한쪽을 차지하고 있다.

인류는 죽음의 어두운 사슬에서 결코 해방된 적이 없다. 아니, 모든 살아있는 존재는 죽음의 포로들이다. 지금도 세계 도처에서는 끊임없이 전쟁이 벌어지고 있고, 질병과 고문, 자연재해로 인한 죽음의 행진이 멈추지 않고 이어지고 있다. 불행한 죽음의 역사……. 어두운 그림자들……. 죽음에 대한 이러한 부정적 인식은 우리 뇌 속 깊숙이 고통스럽고, 두렵고, 외면하고 싶은 그 무엇으로 깊이 저장되어 무의식중에 우리를 괴롭히고 있다.

누구나 평화롭고 아름다운 죽음을 꿈꾼다. 이를 위해서라도 사람들이 강요된 죽음의 사슬에서 해방되는 평화로운 세상이 오길 기도하고 또 기도해본다. 진정한 평화만이 저 무겁고 우울한 죽음의 그림자로부터 우리를 벗어나게 해줄 것이다.

넷 째 마 당

잘 살아야 잘 죽는다

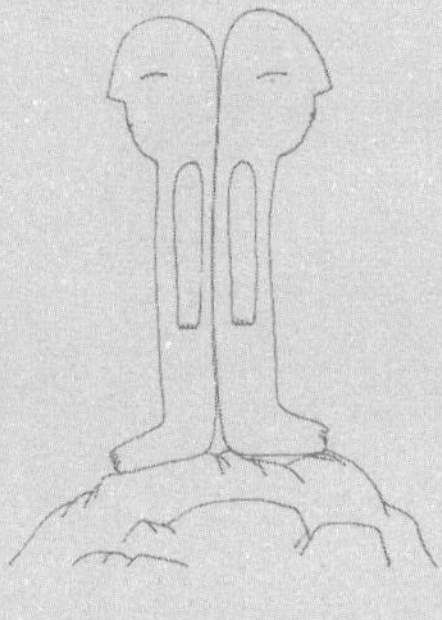

잘 보낸 하루가 행복한 잠을 가져오듯이,
잘 보낸 인생은 행복한 죽음을 가져온다.

– 레오나르도 다빈치

무시하기, 모시기, 친해지기

매일매일 살아가는 것이 기적이라는 말이 있다. 우리의 일상적인 삶이란 위험한 부비트랩이 널린 길을 아슬아슬하게 지나가는 것이나 다름없기 때문이다. 느닷없고 불행한 죽음은 도처에 널려 있다. 아침까지 멀쩡했던 사람이 갑자기 죽는 것을 우리는 수없이 보아왔고, 보아야 한다.

도저히 피할 수도 없고 언제 다가올지도 모르는 것이 죽음이라면, 죽음과 친해지는 길은 없을까. 피할 수 없는 적이라면 화해를 하고 공존하는 것도 하나의 방법이 아니겠는가. 불멸 프로젝트가 아닌 다른 방법으로 말이다. 실제로 인류는 긴 세월 동안 다양한 방법으로 죽음과의 화해를 모색해왔다.

먼저 가장 쉽게 떠올릴 수 있는 방법은 죽음을 무시하기다.

죽음 쪽에서 보면 좀 기분이 나쁠지도 모르지만 꽤나 효과를 발휘하는 방법이다. 아무리 무서운 죽음이라도 무시해버리는 데야 할 말이 없을 것이기 때문이다. 무시하면 도리어 화해도 쉽다. 이전의 소크라테스가 그랬고, 장자도 그랬다. 바둑 두느라 정신이 없어 황제가 내린 사약에 전혀 신경 쓰지 않았던 왕경문(王景文)이나, 형장에 끌려가면서도 태연히 "황천 가는 길엔 주막도 없다던데, 오늘 밤은 어느 집에서 자고 갈거나……." 운운했던 성삼문도 그런 예일 것이다. 그들 앞에선 죽음조차 머쓱해 보인다.

좀 우스운 이야기도 있다. 명나라 말기에 살았던 선비 김성탄(金聖嘆)은 평생 깊고 넓은 지식을 쌓았으나 끝내 벼슬길에 오르지 않았다. 명이 망하고 청나라가 들어서자 황제의 미움을 받아 사형선고가 내려졌다. 전하는 이야기에 의하면 사형장에 끌려가던 김성탄은 자기를 끌고 가던 형리에게 이렇게 귓속말을 속삭였다고 한다.

"이보게나. 차를 마실 때 땅콩을 같이 먹으면 훈제 돼지고기 맛이 난다네. 잘 기억해두게나. 이 비법을 전해주었으니 이제 나는 죽어도 여한이 없네."

그러고는 빙긋이 미소를 지었다고 한다. 과연 그 비법이 사실인가는 나도 아직 해보지 않아 모르겠다. 그런데 그게 죽음보다 더 중요한 일일까. 망나니의 무서운 칼날이 기다리고 있고, 죽음의 신이 기다리는데 차 마실 때의 땅콩 이야기라니…….

이와 비슷한 이야기는 《유토피아(Utopia)》를 쓴 토마스 모어에 관해서도 전해진다. 토마스 모어는 영국의 귀족이었고, 매우 신중한 사람이었지만 헨리 8세가 그의 형수였던 캐서린과 이혼을 하려고 했을 때 극구 말렸던 바람에 왕의 분노를 사서 길로틴에 목이 잘리는 신세가 되었다. 토마스 모어는 사형장 단두대 앞에 서서 집행관인 형리에게 낮은 목소리로 이렇게 말했다고 한다.

"걱정 말고 자네 일을 하게나. 다만 한 가지, 내 목이 매우 짧으니 조심해서 자르게나."

이쯤 되면 독배를 들고 장광설을 늘어놓았던 소크라테스와 다를 바가 없다. 무서운 죽음 이야기인데도 듣는 사람에게 자기도 모르게 실소를 머금게 한다.

어차피 죽을 목숨. "죽음이란 두려워하는 자들에게만 두려울 뿐이다."라는 사실을 그들은 실천적으로 보여주고 있는 셈이다.

두 번째는 정반대로 죽음 모시기다.

죽음을 모셔라. 그러면 공포스런 죽음도 공포의 얼굴을 벗고 친근한 표정으로 미소를 지을지 모른다. 그래서 사람들은 무시무시한 사신을 제단에 모시고 절을 올리는 것이다. 비록 선신(善神)이 있다지만 사신의 마음도 달래놓지 않으면 안 된다. 어차피 선신이든 사신이든 나보다 천 배 만 배 막강한 힘을 가진 존재들이니까.

이러한 죽음 모시기의 역사는 오래되었다. 아마 인류 문명이 시작되고 나서부터인지도 모른다. 세계 도처에는 죽은 자를 모신 사당이 있고, 죽음의 신인 염마대왕이나 지장보살 같은 존재를 모셔놓은 사원들도 널려 있다. 잘 치장된 무덤이나 납골당도 죽음 모시기의 일환이라고 할 수 있을 것이다.

멕시코에는 '죽은 자의 날'이라는 축일이 있다. 그날엔 나라 곳곳에서 으스스한 분위기의 축제가 벌어진다. 상점에서는 사람 뼈 모양의 빵과 이마에 사람 이름을 쓴, 설탕으로 만든 해골 모형을 판다. 아이들은 두개골, 해골, 관 모양의 갖가지 장난감을 가지고 논다. 죽음과 춤을 추는 모습의 그림과 조각이 도시의 공원을 가득 메우고 묘지는 죽은 자를 찾아온 가족들로 붐빈다. 사람들은 묘지를 청소하고 꽃으로 꾸미며 떠난 이들의 영혼을 위해 기도한다. 그러고 나서 거리 행진이 벌어지는데, 앞에서는 금관악기로 구성된 악단이 악기를 연주하고 그 뒤로 사람들이 줄을 지어 간다. 처음 구슬픈 만가로 시작했던 악단의 연주는 관이 땅 속으로 들어가는 행사가 시작되면서부터 경쾌하고 빠른 곡조로 바뀐다. 이를 기점으로 모두가 신나는 파티 분위기에 돌입한다. 화려한 의상을 입은 사람들이 춤을 추고, 광대처럼 익살을 부리고, 우산을 빙빙 돌리고, 색색의 손수건을 흔들어대는 것이다. 오로지 죽은 자들을 위한 행사다.

이와 같은 일은 수렵시대인 옛날부터 광범위하게 벌어졌던 일이었다. 사냥에서 돌아온 수렵시대 사람들은 죽은 동물의 탈을 쓰고 북을 치고, 불 주위를 빙빙 돌며 죽은 영혼을 달래고 모시는 의식을 치렀다. 이렇게 함으로써 죽음은 비참한 현재의 사건에서 신화와 전설의 세계로 이동하는 것이다. 삶의 연장전이라고 볼 수도 있다. 9회 말이 끝나도 승부가 안 난 야구장에서 관객들이 연장전에 더 매달리는 것과 같다.

우리나라의 무당 같은 이도 죽음 모시기의 상징이다. 뿐만 아니라 죽은 자의 대변인이기도 하다. 무당은 죽은 자의 말을 하고 죽은 자의 행동을 한다. 때로는 살아있는 가족에게 야단도 치고, 나무라기도 한다.

일명 씻김굿이라고도 불리는 오구굿은 죽은 자를 모셔 그가 생전에 다 하지 못했던 한을 풀어주고 천도를 하기 위한 의식이다. 거기에 등장하는 것이 바로 유명한 바리공주, 일명 바리데기다. 바리데기 이야기를 보면 산 것과 죽음 사이를 오가는 전형적인 '죽음과의 경계 허물기'가 나타난다.

바리데기는 옛날 옛적 불라국이란 나라의 공주로 태어났다. 그의 아버지는 오구대왕이고 어머니는 길대부인이다. 그들 사이에는 딸만 일곱 있었다. 아들을 고대하던 오구대왕은 화가 나서 막내딸 바리공주를 내다 버리게 했다. 버려진 바리공주는 비리공덕 할멈 내외가 데려다 길렀다. 바리가 열다섯 살이 되었을 때, 오구대왕은 병이 들었다. 그 병은 오직 서천서역의 생명수를 먹어야만 나을 수 있다고 했다. 여섯 명의 딸들은 모두 이런저런 핑계를 대며 생명수 구해오기를 거절하는데, 소식을 듣고 찾아온 바리공주가 그 임무를 자청한다.

서천으로 가는 길은 멀고 위험하고 괴롭다. 그 길을 가는 바리공주를 도중에 만난 지장보살도 도와주고, 커다란 백호(白虎)도 나타나 천리 길을 태워다 주고, 거북이도 나타나 물을 건네주기도 한다.

그렇게 바리공주는 황천강도 건너고 지옥도 지나간다. 황천강에서는 죽은 영혼들이 탄 영가(靈駕)가 사방에 둥둥 떠 있는 광경도 본다. 꽃으로 장식된 화려한 영가도 있지만, 등불도 없이 길을 잃고 헤매는 영가도 있다. 자식 없이 죽은 영혼, 해산을 하다 죽은 영혼들은 황천 가는 길에서도 외롭고 슬프다. 바리공주는 낭화를 흔들어 불을 밝히고 그런 영가들에게 길을 안내한다.

팔만사천 지옥을 건너갈 때에는 끔찍한 광경도 목도한다. 뾰족하게 솟은 무수한 칼날에 살이 베이는 고통을 당하는 도산(刀山) 지옥, 펄펄 끓는 무쇠솥이 걸린 화탕(火湯) 지옥, 형틀에 매단 사람의 혀를 길게 뽑아서 맷돌에 갈게 하는 발설(拔舌) 지옥……. 그런 고통을 목격한 바리공주는 가엾은 영혼들을 위해 지옥의 문을 열고 불을 밝힌다.

서천에 도착하여 드디어 생명수를 얻은 바리공주는 불라국으로 돌아와 이미 죽어버린 오구대왕의 뼈와 살에 숨을 불어 넣는다. 그 후 바리공주는 저승신이 되고 무당의 원조가 된다.

현실과 저승은 그네의 여정을 통해 하나의 길로 열렸다. 죽음 이후의 그저 막연하기만 한 세상이 저승길로 구체화되었다. 그네가 저승과 이승을 이어줌으로써 우리는 죽음을 친근하게 대할 수가 있게 된 것이다.

이러한 죽음 모시기의 형식은 옛날부터 어느 나라 어디에나 있었다. 죽음의 신은 종종 악신의 얼굴을 하고 있으나 그 역시 우리의 능력을 벗어난 불가항력의 신이며 따라서 경배의 대상이 된다. 그리스 신화의 하데스는 제우스의 형이고, 염라대왕도 절대적이다. 그들을 화나게 만들어서는 안 된다. 잘 모셔두는 게 좋다.

세 번째는 무시도 모심도 아닌 죽음에 익숙해지기다.

너무 멀게, 기피 인물처럼만 여기던 죽음이 느닷없이 찾아온다면 얼마나 당황스러울 것인가. 눈앞이 캄캄해지고 절망의 늪에 빠지지 않을 수 없을 것이다. 어차피 언젠가는 맞아야 할 죽음이라면 평소에 좀 익숙해져 있는 것도 나쁘지 않을 것이다. 소크라테스가 "철학자는 평소 죽음을 연습하는 사람"이라고 하였지만 굳이 철학자가 아니더라도 우리는 평소 조금씩 죽음과 친해둘 필요가 있다.

물론 죽음 모시기에도 죽음과 친해지기의 요소가 없는 것은 아니다. 하지만 죽음과 친해지기는 보다 적극적으로 죽음을 대면한다. 요즘 종교단체 같은 데서 진행하는 '죽음 체험 프로그램'이란 것도 그 중의 하나다. 자신이 죽었을 때 겪게 될 과정을 살아있는 동안 한번 체험해 봄으로써 삶의 의미를 돌아보게 하고, 죽음의 과정을 통해 죽음과 익숙해지게 하는 프로그램이다. 다음은 그 프로그램에 참가했던 어느 여기자의 이야기다.

나는 지금 죽음 체험 수련 중이다. 이날 체험 참석자는 50~60대가 대부분이고, 30대 초중반의 젊은 여성 두 명과 30대 후반 부부도 있었다. 수의를 갈아입는다. 양쪽 발목을 묶고, 허리까지 꽁꽁 동여맸다. 다시 자리에 앉았다. 참석자들에게 촛불을 하나씩 나눠주고 형광등을 끈다. 나의 부고 일지, 유언장, 묘비명을 쓰라고 했다. 하나씩 써 나갔다.

오후 7시 30분. 입관할 시간이다. 관 속에 들어갔다. 도우미 두 명이 다가와 흰 천으로 손과 발을 꽁꽁 묶는다. 관 뚜껑을 덮는다. 이제 아무것도 보이지 않는다. 깜깜하다. 잠시 후, 발자국 소리가 들린다. "쾅! 쾅! 쾅!" 관 뚜껑 위에 망치질을 한다. 귀청이 찢어질 듯하다. 이따금 안내자가 질문을 던진다.

"살면서 가장 후회되는 것은 무엇입니까?"

"다시 태어난다면 어떤 삶을 살고 싶습니까?"

그리고 나선 다시 정적이 찾아왔다. 0.34485평의 공간에 누워, 나는 언젠가 내가 가야 할 길을 이렇게 먼저 가보고 있었다. 그리고 얼마나 지났을까? 20분? 30분? 시간 개념이 무화됐다. 누군가 꺼내주지 않으면 나는 도대체 관에서 나갈 수도 없었다.

"자 이제, 당신은 다시 태어날 시간입니다."

이윽고 관 뚜껑이 다시 열린다. 먼발치 도시의 조명에 눈이 부시다. 일어나 앉는다. 봄밤 바람이 피부에 확 닿는다. 새롭다. 바람에 풀꽃들이 한들거리는 것도 새삼스럽다. 나는 가장 짧은 시간에 먼 여행을 다녀왔다. 너무나 강렬한 체험이었다…….[24]

이렇게 죽음을 체험하는 일은 사실 죽음의 길로 접어드는 고통과 두려움을 체험한다기보다는 죽음 앞에서 자기의 삶을 돌아본다는 의미가 더 크다. 죽음이란 체험 가능한 영역이 아니기 때문이다. 그러나 이렇게라도 죽음을 체험해봄으로써, 우리는 죽음이란 게 멀리 있는 것도 아니며 어쩌면 그다지 두려운 것도 아닐지 모른다는 생각과 함께, 이 지상의 삶 중에 버리고 체념할 것들이 무엇인지 되짚어보게 된다.

이런 체험은 비록 가짜라도 한번 해볼만 하다. 과연 진짜 죽음이 찾아왔을 때 얼마나 도움이 될는지는 아직 확실하지 않지만 말이다. 그래도 이런 체험을 통해 우리는 '나 아닌 나'를 바라보는 또 다른 '나', 모든 종교에서 말하는 '참된 나'를 발견하게 될 수도 있다.

간디와 함께 인도의 독립을 위해 싸웠던 사람 중에 비노바 바베(Vinoba Bhave)라는 분이 있다. 경건하고 소박한 생활로 유명했던 그는 어떤 의미에서는 간디보다 더 존경을 받았던 인물이었다. 그는 나이 일흔이 되자 더 이상 정신이 혼란스럽지 않고 애를 쓰지 않아도 고요한 상태가 유지되는 경지에 이르렀다. 그는 자기가 완전히 해방되어 자유롭기 위해 '죽기 전에 죽어 있어야'겠다고 생각했다. 그리고 비록 몸은 살아있지만 이미 죽어있는 자기를 보기로 했다. 그는 사람들이 찾아와 물으면 기꺼이 대답을 해주었지만 어떤 일도 직접 나서서 하지는 않았다. 그는 인도의 성자 투카람(Tukārām)의 말을 빌려 이렇게 말했다.

"내 죽음은 이미 죽었고, 나를 불멸의 존재로 만들었다. 나는 나의 죽음을 내 눈으로 보았다. 그것은 그 어떤 것과도 비교할 수 없는 기쁨이었다."

실제 죽음이 찾아오기 전에 먼저 죽음을 체험했던 것이다. 인도의 독립을 위해 평생을 감옥과 거리에서 보냈던 그는 나아가 죽음이란 신이 준 선물이라고 여겼다. 그리고 죽음의 순간이 오면 주인의 명을 기다리는 종처럼 신의 뜻에 순종하면 된다고 했다.

86세가 되던 해, 그는 매우 평화롭게 세상을 떠났다.

영원한 이별을 위한 연습

나는 앞에서 우리가 죽음을 두려워하는 것은 죽음의 고통보다 더 힘든 것, 바로 영원한 '이별' 때문이라고 했다. 사랑하는 가족과 친구, 아직 할 일 많은 이 세상을 남겨두고 떠나는 것이 그리 쉽지는 않을 것이다. 그러므로 죽음을 준비한다는 말은 이별을 준비한다는 말과 다름이 없다.

일전에 상영된 영화 중에 〈님아, 그 강을 건너지 마오〉라는 다큐멘터리 영화가 있었다. 강원도 횡성 어느 산골마을에 살던 98세 할아버지와 89세 할머니의 이야기를 사실 그대로 보여주었던 영화다. 기록영화임에도 불구하고 극장에는 많은 사람들이 몰려들었고 500만 명의 관객을 모으며 흥행을 기록했다. 이 지극히 평범할 뿐인 노부부의 삶과 죽음이 관객들을 끌어 모은 이유는 무엇일까?

소년 소녀처럼 정겨운 두 사람의 진솔한 삶 때문이라고 할 사람도 있겠지만, 나는 특히 할아버지의 죽음으로 혼자 남은 할머니가 할아버지와 이별하는 마지막 장면 때문이 아닌가 생각한다. 날로 쇠잔해 가던 할아버지가 죽고 나자 아들딸들은 매장을 한 다음 뿔뿔이 흩어진다. 마지막 남은 것은 그이와 평생 함께했던 할머니 한 사람뿐.

할머니는 할아버지의 산소에 혼자 남아 옷을 태우고 돌아선다. 비탈길을 내려오던 할머니는 차마 걸음이 떼어지지 않는지 뒤돌아보고 또 돌아보며 소리 내어 울기 시작한다. 울음소리는 점점 크고 애통하게 변하더니, 마침내 할머니는 더 이상 걸음을 떼지 못한 채 그 자리에 주저앉아 통곡을 하는 것이다. 넋 놓은 할머니의 애통한 통곡소리는 영화가 끝나고 나서도 한동안 극장 안을 맴돌았고, 거기에 섞여 극장 여기저기에서 훌쩍거리는 소리가 들렸다.

이제는 영영 만질 수 없는 늙은 등짝과 더 이상 들을 수 없는 기침소리, 잔소리하던 목소리와 구부정한 걸음걸이……. 다시 들으려야 들을 수도 없고, 보려야 볼 수가 없다. 그것이 바로 죽음이다.

죽음은 산 자와 죽은 자를 분명하게 갈라놓는다. 그 사이에는 영원한 이별이 놓여있다. 열대여섯 어린 나이에 시집 와 남편만 하늘처럼 믿고 의지하며 살아온 70여 년 세월의 엔딩치고 이보다 더 황당하고 억울한 것이 있을까. 엉겁결에 장례를 치르긴 했지만 할머니로서는 하늘이 무너지는 것 같고 땅이 꺼지는 것 같은 심정이었을 것이다.

죽음이 두려운 것은 바로 이것 때문이다. 앞에서도 말했지만 죽음의 고통이란 한순간 지나가면 끝이다. 그러나 이별의 고통은 그보다 백 배 천 배나 더 크고 진하게 산 자의 가슴에 남아있다. 특히 자식을 잃은 부모와 사랑하는 연인을 잃은 사람의 고통이란 그 무엇으로도 비교할 수가 없을 것이다. 〈님아, 그 강을 건너지 마오〉를 보고 나오는 사람들의 가슴에 내내 떠나지 않는 진한 여운은 할머니의 울음소리와 함께 떠오르는 죽음의 그 불가사의함 때문일 것이다.

죽은 자와 산 자 사이에 놓인 이 불가사의한 단절을 사람들은 강으로 형상하여 레테의 강, 요단강, 혹은 삼도천이나 황천강이라고 불렀다. 아무리 사랑하는 사람이라도 이 강을 함께 건널 수는 없다.

죽음이 갈라놓은 이별……. 피할 수 없는 이 이별을 아름답게 할 수 있는 방법은 없을까.

이에 대한 매우 모범적인 답안이 하나 있다. 바로 경제학자이며 사회운동가로 유명한 스콧 니어링(Scott Nearing)과 헬렌 니어링 부부의 이야기다.

죽음에 대해 그들이 어떤 태도를 보여주었는지를 말하기 전에 먼저 그들이 어떤 사람이었는지부터 잠깐 소개해두는 게 좋겠다. 죽음뿐만 아니라 삶에 있어서도 배울 가치가 있는 사람들이기 때문이다.

꼭 100세를 살았던 스콧 니어링의 삶은 대학교수와 사회운동가로 살았던 전반부와 은둔한 채 자연주의자로 살았던 후반부로 나뉜다. 그는 1883년 미국 펜실베이니아주에 있는 한 탄광도시의 부유한 가정에서 태어나 자랐고 경제학을 전공했다. 젊은 시절 그는 미국에서 가장 위험한 인물 중의 하나였다. 그는 대학에서 두 번이나 쫓겨났는데, 당시 법적으로는 노예에서 해방되었지만 여전히 차별을 받고 있던 흑인의 인권 문제와 아동의 노동 문제를 지적하고, 아직 여성들에게 선거권이 부여되지 않던 시대에 여성들의 사회 참여를 지지하는 글을 썼기 때문이다. 그는 수많은 강연을 통해 언론의 자유를 주창했고, 잘못된 분배로 인해 발생하는 자본주의의 폐해를 역설했고, 진정한 민주주의의 가치를 이야기했다. 아직 민주주의의 암흑기나 다름없던 시절의 일이었다.

1차 세계대전이 발발하자 그는 전쟁을 반대하는 논문 〈거대한 광기(The great madness)〉를 발표했다는 이유로 미국 정부에 의해 스파이법이라는 희한한 죄목으로 법정에까지 서야 했다.[25]

장장 30시간이 넘는 배심원들의 격론 끝에 결국 그는 무죄를 받았다. 하지만 애국심에 불타 전쟁 준비에 바빴던 미국의 주류 사회는 그를 끝내 받아들이지 않았다. 법무성에서는 그의 모든 원고를 압수하였고, 대학에서는 퇴출되었으며, 강연도 끊어졌다. 설상가상 아내로부터 이혼을 당하였다.

가족을 떠난 스콧은 메인 주의 한적한 숲 속으로 들어갔다. 그리고 그곳에서 우연히 스무 살 연하의 매력적인 여성 헬렌을 만났다. 스콧 니어링이 마흔다섯 되던 해였다. 헬렌은 영국의 좋은 가정에서 태어나 좋은 교육을 받았고, 특히 음악에 뛰어난 재능을 가지고 있었다.

일찍이 인도의 명상가 크리슈나무르티에 반해 그의 연인이 되기도 했지만, 스콧 니어링을 만나자 전직 대학 선생이었던 이 허름한 차림을 한 초로의 사내 내면 깊숙이 깃들어 있는 비범한 지혜를 느꼈다. 두 사람은 간단한 결혼식을 올린 다음 남은 평생의 반려자이자, 지적 동반자이며, 동지가 되었다. 화려하고 촉망받는 이전의 삶 대신 메인 주 버몬트 숲 속에서 돌집을 짓고 단풍나무 시럽을 만들어 팔며, 지극히 단순하고 가난한 검약의 생활을 시작하였던 것이다.

이전까지의 스콧의 삶이 인생의 전반부였다면 헬렌과 만나 시작한 삶이 후반부인 셈이다. 전반부가 열렬한 사회개혁가요, 명연설가이며, 경제학자로서의 삶이었다면 후반부는 은둔과 사색을 주로 한 자연주의자, 채식주의자, 영적 실천가로의 삶이었다.

스콧과 헬렌 두 사람은 필요한 이상의 돈을 벌지 않았으며 따라서 하루에 4시간밖에 일하지 않았고, 은행 통장도 가지지 않았으며, 겨울에는 극히 소박한 여행을 다녔다. 그리고 가급적 모든 것을 자급자족으로 해결한다는 원칙을 지켰다.[26] 일찍이 데이비드 소로가 월든 호숫가에서 했던 것과 유사한 생활이었다.

그들이 얼마나 철저하게 고귀한 영혼을 지키려고 했는가는 1911년에 써둔 그의 좌우명을 보면 알 수 있다.

> 간소하고 질서 있는 생활을 할 것.
>
> 미리 계획을 세울 것.

일관성을 유지할 것.

꼭 필요하지 않은 일은 멀리할 것.

되도록 마음이 흐트러지지 않게 할 것.

그날그날 자연과 사람 사이의 가치 있는 만남을 이루어가고, 노동으로 생계를 세울 것.

자료를 모으고 체계를 세울 것.

연구에 온 힘을 쏟고 방향성을 지킬 것.

쓰고 강연하며 가르칠 것.

원초적이고 우주적인 힘에 대한 이해를 넓힐 것.

계속해서 배우고 익혀 점차 통일되고 원만하며 균형 잡힌 인격체를 완성할 것.[27]

지금도 남아있는 흑백 사진에서 누덕누덕 기운 옷을 입고 주름진 얼굴로 감자밭 가에 구부정하게 서 있는 스콧과 그 곁에 앉아있는 헬렌의 모습을 볼 수 있다. 그런 생활을 통해 그들은 느리고 조용한 명상과 휴식이야말로 인생의 진정한 행복임을 가르쳐주었다.

말년에 그들의 삶은 사람들의 존경을 받았다. 수많은 사람들이 허름한 그들의 돌집과 삶을 보기 위해 찾아왔다. 어떤 사람은 그들이야말로 20세기에 살았던 인간 중 가장 '조화로운 삶'을 살았던 사람이라고 말했다.

꼭 100세가 되던 1983년 8월 24일, 스콧 니어링은 부인 헬렌이 지켜보는 가운데 평화롭게 눈을 감았다. 그는 평소 소망대로 죽기 전 모든 곡기를 끊었고 병원에도 가지 않았다. 그리고 아주 밝고 명증한 정신으로 죽음을 맞이하였다고 한다.

그의 임종을 지켰던 부인 헬렌 니어링은 이렇게 기록하고 있다.

> 1983년 8월 24일 아침, 나는 그이의 침상에 같이 있으면서 조용히 그이가 가는 것을 지켜보았다. 나는 반쯤 소리 내어 옛 아메리카 토착민들의 노래를 읊조렸다.
>
> "나무처럼 높이 걸어라. 산처럼 강하게 살아라. 봄바람처럼 부드러워라. 네 심장에 여름날의 온기를 간직하라."
>
> 그러고 나서 나는 그이에게 중얼거렸다.
>
> "여보. 이제 무엇이든 붙잡고 있을 필요가 없어요. 몸이 가도록 두세요. 썰물처럼 가세요. 같이 흐르세요. 당신은 훌륭한 삶을 살았어요. 당신의 몫도 다했구요. 새로운 삶으로 들어가세요. 빛으로 나아가세요. 사랑이 당신과 함께 가요. 여기 있는 것은 모두 잘 있어요."
>
> 이윽고 천천히, 천천히 그는 자신에게 떨어져나가 점점 약하게 숨을 쉬더니, 나무의 마른 잎이 떨어지듯이 숨을 멈추고는 자유로운 상태가 되었다. 나는 보이는 것이 보이지 않는 곳으로 옮겨갔음을 느꼈다. 그이는 오랫동안 최선의 삶을 살았고 일부러 음식을 끊음으로서 위엄을 잃지 않은 채 삶을 마쳤다. 나는 느슨하게 그이 손에 마지막까지 쥐어져있던 고삐를 거두지 않으면 안 되었다.[28]

그는 죽음이란 보이는 것에서 보이지 않는 것으로, 이곳에서 저곳으로 옮겨감이요, 차원이 다른 세계로의 이동이라고 말했다. 그것을 이승이라 부르든 저승이라 부르든 상관이 없을 것이다. 그래서 그는 죽음을 지평선을 넘어가는 것에 비유하기도 했다. 지평선은 눈에 보이는 한계를 표시하고 있을 뿐, 그 너머에 무엇이 있는지는 알 수 없다. 어떤 형식으로든 죽은 이의 존재는 이어지고, 우리는 그와 함께 살고 있는 것이다. 그러므로 죽음과 이별을 너무 두려워하거나 슬퍼할 필요가 없다. 그저 평소에 하던 방식대로 살다가 그렇게 마무리하면 되는 것이다. 떠나보내는 자 역시 그렇다.[29]

헬렌 니어링 또한 남편과 마찬가지 방식으로 생을 마감하고자 하였으나, 불행히도 그 바람은 실현되지 못했다. 1995년 9월 17일, 92세가 된 그녀는 갑작스런 교통사고로 세상을 떠났다. 그들이 살았던 메인 주의 돌집에는 그들을 추념하는 '굿 라이프 센터(Good Life Center)'가 들어서 해마다 많은 여행객들이 방문한다고 한다.

아마 많은 사람들은 이 니어링 부부처럼 아름답게 이별하길 소망할 것이다. 애통한 울음 대신 조용한 슬픔을……. 허망하고 억울하고 당황스런 심정보다는 감사와 존경의 마음으로……. 그렇게 사랑하는 이를 떠나보낼 수 있다면 얼마나 좋을까.

하지만 우리 대부분은 스콧 니어링이 아니고, 우리 대부분의 배우자는 헬렌 니어링이 아니다. 그보다는 강원도에 살았던 두 평범한 노인에 가까울 것이다. 죽음은 늘 혼자 가는 길이다. 죽음에는 동행자가 없다. 아무리 다정했던 연인, 부부라 해도 죽음 앞에서는 단독자일 수밖에 없다. 그러니까 우리는 늘 이별을 준비하고 있어야 한다.

비록 우리가 니어링 부부처럼 되지는 못한다 하더라도 떠나는 자를 보내고 남겨질 이들과 인사를 나눌 최소한의 매뉴얼은 준비해 두는 것이 좋다. 장자처럼 죽은 아내의 무덤 앞에서 질그릇 항아리를 두드리며 노래를 하지는 않더라도 떠날 때 가볍게 떠날 수 있도록 평소에 '이별 연습'을 해두지 않으면 안 된다.

그중의 하나가 유언장 쓰기다. 보통 부자들의 유언장에는 유산분배 문제가 주요 이슈가 되겠지만 남길 것이 별로 없는 사람들은 자기가 바라는 것, 하고 싶은 이야기를 담아내면 된다.

《몽실 언니》로 유명한 우리나라 동화작가 권정생 선생이 쓰신 유언장에는 다음과 같이 적혀 있다.

> 내가 쓴 모든 책은 주로 어린이들이 사서 읽는 것이니 여기서 나오는 인세를 어린이에게 되돌려주는 것이 마땅한 것이다. 만약에 관리하기 귀찮으면 한겨레신문사에서 하고 있는 '남북 어린이 어깨동무'에 맡기면 된다. 맡겨놓고 뒤에서 보살피면 될 것이다. 유언장이란 것은 아주 훌륭한 사람만 쓰는 줄 알았는데 나 같은 사람도 이렇게 유언을 한다는 게 좀 쑥스럽다.
>
> 앞으로 언제 죽을지는 모르지만 좀 낭만적으로 죽었으면 좋겠다. 하지

만 나도 전에 우리 집 개가 죽었을 때처럼 헐떡헐떡 거리다가 숨이 꼴깍 넘어가겠지. 눈은 감은 듯, 뜬 듯하고 입은 멍청하게 반쯤 벌리고 바보같이 죽을 것이다. 요즘 와서 화를 잘 내는 걸 보니 천사처럼 죽는 것은 글렀다고 본다. 그러니 숨이 지는 대로 화장을 해서 여기저기 뿌려주기 바란다. 유언장치고는 형식도 제대로 못 갖추고 횡설수설했지만 이건 나 권정생이 쓴 것이 분명하다. 죽으면 아픈 것도 슬픈 것도 외로운 것도 끝이다. 웃는 것도 화내는 것도…….

그러니 용감하게 죽겠다. 만약에 죽은 뒤 다시 환생을 할 수 있다면 건강한 남자로 태어나고 싶다. 태어나서 25살 때 22살이나 23살 쯤 되는 아가씨와 연애를 하고 싶다. 벌벌 떨지 않고 잘할 것이다. 하지만 다시 환생했을 때도 세상엔 얼간이 같은 폭군 지도자가 있을 테고 여전히 전쟁을 할지 모른다. 그렇다면 환생은 생각해 봐서 그만둘 수도 있다.

2005년 5월 1일. 쓴 사람 권정생.

권정생 선생은 이 유언장을 쓰고 나서 2년을 더 사시다가 돌아가셨는데, 그때 낡은 편지지에 볼펜으로 눌러 쓴 유언장을 하나 더 남겼다. 어느 신부님 앞으로 된 이 유언장에는 육신의 고통과 더불어 가난한 아이들에 대한 애정이 마지막까지 깊게 새겨져 있다.

신부님. 마지막 글입니다. 제가 숨이 지거든 각각 적어놓은 대로 부탁드립니다. 제 시체는 아랫마을 이 군에게 맡겨 주십시오. 화장해서 뒷산에 뿌려달라고 해주십시오. 지금 너무 고통스럽습니다. 3월 12일부터 갑자기 콩팥에서 피가 쏟아져나왔습니다. 뭉툭한 송곳으로 찌르는 듯한 통증이 계속되었습니다. 지난달에도 가끔 피고름이 쏟아지고 늘 고통스러웠지만 이번에는 아주 다릅니다. 일 초도 참기 힘들어 끝이 났으면 싶은데 그것도 마음대로 안 됩니다. 모두한테 미안하고 죄송합니다. 하느님께 기도해 주세요. 제발 이 세상 너무도 아름다운 세상에 사람이 사람을 죽이는 일은 없게 해 달라고요.

제 예금통장 다 정리되면 나머지는 북쪽 굶주리는 아이들에게 보내주세요. 제발 그만 싸우고, 그만 미워하고 따뜻하게 통일이 되어 함께 살도록 해주십시오. 중동, 아프리카, 그리고 티벳 아이들은 앞으로 어떻게 하지요. 기도 많이 해주세요. 안녕히 계십시오.

2007년 3월 31일 오후 6시 10분. 권정생.

생의 절박함과 무서운 죽음의 고통 속에서도 그이는 마지막까지 위대한 인간만이 품을 수 있는 소망을 버리지 않았다. 자신을 위해서는 한 푼도 쓰지 않았던 꽤 많은 원고료를 오로지 불쌍하고 가난한 어린이를 위해 써줄 것을 당부하였고 그들을 위한 기도를 드렸다. 《몽실 언니》로 유명하게 되었을 때도 돌아가실 때도 그는 평소에 살던 단칸 집, 그 방에서 혼자 그렇게 살았다. 헬렌 니어링 같은 부인은 없었지만 당당하게 죽음을 맞았고 미련 없이 떠났다. 마지막 글에서도 육체적 고통을 호소하는 외에는 두려움은 별로 보이지 않는다.

죽음을 준비하는 자를 위한 이른바 '버킷 리스트'라는 것이 있다. 죽음을 맞기 전에 자기가 꼭 하고 싶은 것들을 적은 리스트다. 그 내용은 사람마다 다르겠지만 예를 들어, 최고 좋은 호텔의 특실에서 자본다, 종로 네거리에서 웃통 벗고 큰소리로 노래를 불러본다 같은 것이다. 어차피 죽을 목숨 무엇인들 못할까. 사람은 죽을 때 해서 후회하는 일보다 하지 않아서 후회하는 일이 더 많다고 한다. 우리도 한가할 때 한 번쯤 버킷 리스트를 작성해보아도 괜찮을 것이다. 인생에서 이루지 못한 꿈들이 얼마나 많은가.

그러나 버킷 리스트를 보면, 사람들이 죽기 전에 꼭 이루고 싶은 소망이란 게 의외로 단순하다는 것을 알 수 있다. 기껏해야 여행이라든가, 스카이 점프, 맛있는 것 먹어보기 등이 거의 전부다. 그나마도 열 항목을 채 채우지 못하는 경우도 많다. 이런 것들은 어쩌면 틀에 박힌 일상 속에서 무의미한 생을 살아온 중산층 샐러리맨의 상상력에 딱 맞는 것이다. 꼭 실행하지 않는다 하더라도 작성하는 중에 어느 정도 정신적 위로와 보상을 받을지도 모른다. 하지만 그 내용은 일단 이루고 나면 허망해지는 것이 대부분이다. 우리가 여행을 떠나기 전에는 설레지만 막상 여행을 마치고 나면 허망한 것과 마찬가지다. 리스트를 달성하는 것보다 백 배나 천 배나 중요한 것은 평소에 의미 있게 살아가는 것이다.

스콧 니어링이나 권정생 선생이나 둘 다 일생을 열심히 살아오신 분이었다. 그들은 모두 빈손으로 떠났지만, 죽음 앞에서도 의연할 수 있었던 것은 그 삶이 아름다웠기 때문이었다. 반면 돈과 명예를 주렁주렁 매달고 있는 사람일수록 죽음을 두려워하고, 죽지 않기 위해 마지막까지 온갖 수단을 다 기울인다. 어떻게 죽느냐가 그의 삶을 결정하듯이, 평소에 어떻게 살았느냐가 그의 죽음을 결정한다.

그러므로 우리는 어떻게 죽는 것이 좋으냐고 묻기 전에 먼저 어떻게 사는 것이 좋으냐고 물어야 한다. 열심히 살아온 사람이 잘 늙고, 잘 늙은 사람이 잘 죽는다는 것은 만고의 진리이다. 탐욕스럽고 어지럽게 살아온 사람이 잘 죽기를 바라는 것은 낙타가 바늘귀로 들어가는 것보다 더 어렵다.

잘 살아야 잘 죽는다.

죽음보다
더 무서운 것, 늙음

생로병사(生老病死)가 인생의 한 과정이라면, 그중에서 가장 긴 것은 무엇일까?

정답은 '늙음'이다.

그리스 신화에 나오는 무녀 시빌레는 소녀 시절 무척이나 아름다워 아폴론의 사랑을 받았다. 아폴론은 그녀의 환심을 사기 위해 소원을 하나 말해보라고 했다, 그녀는 모래를 한 줌 쥐고 이렇게 오래 살게 해달라고 했다. 아폴론은 그녀의 소원을 들어주었다. 그러나 그녀는 오래 산다는 소원에 '젊게'라는 말을 빼먹었다. 그녀는 오래지 않아 늙었고, 그 상태로 700세가 되었다. 늙어서 쪼그라질 대로 쪼그라진 그녀는 작은 유리병에 담겨 천장에 대롱대롱 매달려 있었다. 그때 그녀에게 남은 유일한 소원을 '죽고 싶다'였다.

시빌레가 아니더라도 우리의 일생 중에 성장과 젊음의 시간은 의외로 짧고 늙음의 시간은 의외로 길다. 늙음은 우리가 생각하는 것보다 훨씬 일찍부터 시작된다. 극단적으로 어떤 사람은 태어나는 순간부터 노화가 시작된다고도 하고, 어떤 사람은 이십대 후반부터 시작된다고 하는데 일반적으로는 남자는 서른 살 중반, 여자는 서른 살 초반을 노화의 시작으로 본다. 아무리 늦어도 마흔에 들어서면 어느새 늙음의 강력한 증거들이 나타나기 시작한다. 머리는 빠지거나 희어지고, 눈은 침침해지며, 깜빡깜빡 잊어버리기 일쑤이다. 길고 긴 늙음의 시기가 찾아오는 것이다.

이 계산대로 하자면, 오늘날처럼 80세, 90세까지 수명이 길어진 고령화 세상에서는 짧아도 30~40년, 긴 사람은 50~60년을 늙어가며 살아가야 한다. 우리 일생의 대부분을 지루한 늙음의 과정이 차지하고 있다고 해도 과언이 아니다.

늙어가면서 우리 몸은 무녀 시빌레처럼 조직이 전반적으로 위축되고 중요한 세포가 감소하며 변성을 일으키게 된다. 등이 굽고 관절이나 근육, 특히 신경계에 장애가 일어나 걸음걸이가 느려진다. 머리카락은 희어지고 주름살이 깊어지며, 이는 빠지고, 뼈가 약해져 잘 부러지고, 일단 부러졌다 하면 잘 붙지 않는다. 피부는 건조해져 비듬이 하얗게 앉고 신장과 체중은 점점 감소한다. 간이 쪼그라들어 화를 잘 부리게 되고, 의심과 걱정이 많아지고 잔소리도 늘어난다. 자다가 한밤중에 깨기 일쑤이고, 낮에는 침을 질질 흘리며 늙은 개처럼 꾸벅 꾸벅 졸기가 다반사다. 눈은 침침해지고, 입은 마르고 냄새가 나며, 귀는 잘 들리지 않는다.

요양병원 원장으로 오랫동안 노인들을 지켜보아온 의사 김진국은 저서에서 한 노인의 하소연을 직접적으로 전해준다.

"머리에 뭐가 스멀스멀 기어다니는 것 같고, 고개를 숙이면 골이 팍 쏟아져내리는 것 같고, 일어나면 머리가 핑 돌고, 꿈이 자꾸 꾸이고, 헛것이 보이기도 하고, 귀에서 왕왕 소리가 나고, 캄캄한 새벽에 잠이 깨고, 깨고 나면 다시는 잠이 안 오고, 안 자고 컴컴한 데 앉아 있으면 벼라별 걱정이 다 생기고……."[30]

우리가 익히 알고 있고, 또 언젠가 거쳐야 할 과정이다.

호르몬 계통에서도 중요한 변화가 일어난다. 나이를 먹을수록 즐거움을 주는 호르몬은 사라지고 시름과 화를 돋우는 호르몬은 늘어간다. 이유 없이 짜증이 나는 것도 호르몬 분비의 감소와 관련이 있다. 생식 호르몬의 감소로 성욕은 떨어지고 열정의 불길도 사그라든다.

나이 든 사람들이 늘 하는 말 중 하나가 "재미가 없다."이다. 무엇을 해도, 무엇을 먹어도, 어디를 구경 가도 재미가 없는 것이다. 호기심을 불러일으키는 열정의 불길이 꺼져버렸기 때문이다. 초라한 늙음은 우리들에게서 지금까지 살아온 생의 의미와 기쁨을 거두어가고, 젊은 시절 장밋빛처럼 빛났던 추억과 영광조차 부도난 나라의 낡은 지폐처럼 만들어버린다.

뒤이어 따라오는 것은 커다란 상실감이다. 늙음은 커다란 상실감을 동반한다. "내가 이래 뵈도 왕년엔……." 하는 소리 뒤에는 이제는 돌아갈 수 없는 커다란 심연 같은 게 놓여있다. 늙음과 함께 찾아오는 우울증도 이러한 상실감에 근거하고 있다

일단 이렇게 노화의 길로 접어들면 다시 되돌아갈 수가 없다. 회춘이니 뭐니 하는 말은 말짱 거짓말이다. 자연의 시간이 불가역적이듯이 생로병사의 과정 역시 일방통행만 있을 뿐이다. 늙음에서 좀 더 늙음, 호호 늙음으로 가는 길만 있을 뿐 젊음으로 되돌아가는 길은 없다. 초원을 주름잡았던 용맹했던 젊은 숫사자도 늙음이 찾아오면 어쩔 수 없이 그 왕좌를 다른 젊은 사자에게 물려주고 쓸쓸히 무리를 떠나 변두리를 떠돌아다닌다. 그러다가 죽는 것이다. 생로병사란 모든 생명체가 지닌 피할 수 없는 운명이다.

그렇기에 우리는 누구나 아름다운 노후를 꿈꾼다. 〈국화 옆에서〉라는 미당의 시처럼 인고의 세월을 다 보내고 이제는 돌아와 거울 앞에 선 국화꽃 같은 모습, 개인적으로나 사회적으로나 책임을 다 하고 이제는 자유인이 되어 여행도 하고, 채소도 가꾸며 사는 느긋한 노년, 비록 세상에 초연한 도사 같이는 되지 못하더라도 적어도 자신이 몸 담고 살던 세상에서 작은 존경을 받고, 다정한 반려자와 함께 경제적으로나 육체적으로 매이지 않는 건강한 삶을 살기를 바란다.

이상적으로 말해서 나이가 든다는 것은 그래야 한다. 나이가 든다는 것은 세상과 삶의 구속으로부터 자유로워지는 것이다. 나이 들고 늙어서야 비로소 누릴 수 있는 편안함과 자유란, 어깨에 짊어지고 있

던 모든 짐을 훌훌 벗어던졌음을 의미한다. 온갖 시비의 굴레에서 벗어난 여유는 모든 책임으로부터 벗어난 나이에만 누릴 수 있는 특권이다. 그 책임이란 건 좁게는 가족을 부양하여 가정을 지키는 것으로부터 넓게는 누구나 마땅히 감당해야 할 사회적 책임을 다하는 것까지 두루 포괄한다.

그리고 젊은 나이에는 누구나 갖게 마련인 재물욕, 명예욕, 성욕까지 초탈할 수 있는 경지에 이르기 위해서는 반드시 나이가 들어야 하고, 수많은 풍상을 겪으면서 쌓아온 경험과 경륜이 필요하다. 그런 경험과 경륜, 그리고 학식과 교양까지 몸에 밴 원숙한 노년은 존경과 숭모의 대상이다. 젊은이들이 따라가고 싶은 아름다운 노년의 표상이 되는 것이다.

하지만 우리의 현실은 그렇지가 못하다. 오히려 정반대다.

뭐니뭐니해도 먼저 신체의 변화를 감내하지 않으면 안 된다. 육체적 노화만큼 늙음을 잘 표현해 주는 것도 없다. 늙어 보이지 않기 위해 요즘 사람들은 필사적인 노력을 기울이고 있다. 특히 여성을 대상으로 한 각종 성형술, 피트니스, 보톡스, 화장술 등은 이미 거대 산업으로 자리 잡은 지 오래이다. '노화 정복'이라는 말도 유행한다. 하지만 노화가 과연 정복 가능한 것이기라도 하단 말인가.[31]

나이는 속일 수 없다는 말이 있다. 자신의 젊음을 지키기 위하여 거울 앞에 앉아 맹렬히 화장을 하고, 성형수술로 처진 눈꼬리와 입언저리를 치켜세우고, 뱃살을 빼고, 주름살을 제거하여도 나이 드는 것은 어쩔 수가 없다. 좀 젊어보이게 잘 관리를 하였다고 해도 자세히 보면 그게 그거다. 왕년에 미모로 날렸던 여배우는 그래서 더욱 안쓰럽고 슬프다. 영화 속의 그녀는 더 이상 존재하지 않는다. 대신 얄밉도록 젊고 예쁜 후배들이 그 자리를 차지하고 있다.

늙으면서 부딪히는 더 심각한 문제는 사회적 냉대와 소외이다. 개인적으로 체력이나 정신력이 떨어지는 것이야 누구나 받아들일 수밖에 없는 자연의 법칙이라고 하겠지만, 핵가족화된 산업사회에서 받는 사회적 냉대와 소외는 한 사람이 지금까지 쌓아온 모든 삶의 의미를 뿌리째 뒤흔드는 것이다.

전통사회에서는 노인은 공경받는 장로였고, 죽을 때까지 그 사회의 일원일 수 있었다. 늙을수록 그 존재가 빛나고 존경과 경외의 대상이 되었다. 하지만 산업사회, 도시사회로 변하면서 노인이 존경과 경외의 대상이 되기는커녕 늙음 그 자체가 질병이나 저주나 다름없는 취급을 받고 있다. 말하자면 폐품처럼 취급당하게 되는 것이다. 지금도 서울 종로 3가나 종묘 공원에 가보면 패잔병처럼 길게 앉아서 무료한 시간을 보내고 있는 노인들을 어렵지 않게 볼 수가 있다.[32]

태평양의 섬 파푸아 뉴기니에 살고 있는 소수민족이나 베트남과 중국 산간에서 살고 있는 소수민족은 노인이 되어도 사회적 문제가 없다. 늙었다고 소외되거나 천대를 받지 않는다. 늙은이들도 어린아이들처럼, 어린아이들과 어울려 밥도 먹고 춤도 추고 노래를 한다.

몸은 늙었어도 하는 행동이나 말은 어린아이나 다름이 없다. 이처럼 늙었어도 자신의 가족과 자신이 평생 몸담고 살던 사회 공동체에서 살다가 죽을 수만 있다면 사람들은 늙음과 죽음을 그리 두려워하지 않아도 될 것이다.

하지만 산업사회의 대도시에서 살아가는 대부분의 사람들에게 늙음은 병 아닌 병이자 죄 아닌 죄가 된다. 점점 더 많은 노인들이 살게 되는 요양원이나 요양병원은 극히 일부를 제외하고는 '격리' 이상의 의미를 발견하기 어렵다.[33]

이렇게 격리된 노인들은 심각한 자기 부정에 직면한다. 요양원에 있던 어떤 할머니의 외침은 더욱 절박하게 우리에게 다가온다.

"세상 천지에 이런 법이 어디 있노? 와 날 여기다 가두어놓고 못 나가게 하노? 세상에 무신 이런 법이 다 있노? 보소, 우리 큰아한테 전화해서 날 좀 데려가라 하소. 죽어도 나는 집에 가서 죽을라고마."[34]

하지만 돌아가고 싶어도 돌아갈 데가 없다. 마음속에 있는 고향도, 집도, 과거의 시간도 더 이상 이 세상에 존재하지 않는다. 정다운 이웃이 기다리는 공동체도 더 이상 없다. 급속한 산업화 속에서 이미 해체되어 버린 지 오래이기 때문이다. 순식간에 변해버린 사회 탓에 뿌리를 잃어버린 채 고립된 사람들, 자신의 의지와는 무관하게 세상으로부터 낯선 사람 취급당하는 고통……. 이것을 가리켜 김진국은 '한국형 노인 증후군'이라고 이름 붙였다. 그의 책에 나오는 한 할머니의 이야기는 오랫동안 내 마음 언저리에 남아 떠돈다.

주름진 얼굴에 핀 저승꽃이 예쁘다 싶을 정도로 곱게 나이 든 할머니가 휠체어에 앉아 창밖을 내다보고 있다. 여든하나의 나이지만 오랜 병상 생활로 생기가 좀 없을 뿐, 어디 흠 잡을 데 없이 단단한 자태이다. 그 세월 살아오는 동안 어떻게 벌레 먹은 이 하나 없도록 잘 간수하였는지 빠진 이, 손 댄 이 하나 없이 가지런하다.

하지만 멍하니 창밖을 내다보는 두 눈엔 눈물이 그렁그렁 흘러내릴 힘도 없는지 그대로 고여 있다. 봄기운이 완연한 바깥 날씨인데도 계절 감각이 없는 말을 한다.

"밖에 코스모스가 피었나요? 코스모스 색깔 참 곱죠? 보고 싶어요."

할머니는 주위 사람도 알아보고 의사나 병원 직원들의 역할을 정확하게 판별하고 대화도 가능하지만, 지금 내가, 어디서, 왜, 이런 상황에 오게 되었는지는 모른다. 그러나 자기가 이곳에서 나가고 싶어도 나갈 수 없다는 사실은 분명히 알고 있다.

"외로우니까. 거기가 그리워서……. 여기서 죽기는 싫어."

그리고는 고개를 숙이고 이불자락의 보푸라기를 뜯어서 버리기를 반복한다. 갑자기 할머니의 무릎 위로 그렁그렁하던 눈물방울 하나 뚝 떨어진다.

참 쓸쓸하다. 아무리 곱게 늙었다 해도 가족으로부터, 사회로부터 소외된 처지를 되돌릴 수는 없다. 그런데다 몸의 어딘가, 머리의 어딘가에는 이미 돌이킬 수 없는 결격이 생겨버린 것이다.

노인은 사회적으로 부정당했을 뿐만 아니라 자기 자신으로부터도 부정을 당하고 있는 것이다. 이것은 자기의 전 생애, 젊은 날의 추억과 삶에 대한 부정이기도 하다.

자기 생에 대한 이런 부정은 흔히 노인 자살로 나타난다. 노인 자살은 동시에 우리가 살아가야 하는 사회적 삶의 가치를 부정하는 것이기도 하다. 노인 자살의 이유 중 첫 번째가 가난인데, 노인 자살률이 세계 1위인 한국의 경우 1인 가구의 65세 이상 노인 빈곤률은 76.6퍼센트나 된다. 이것 역시 OECD 1위이다.

아무리 상조회가 넘쳐나고 장례문화의 선진화를 외쳐도 그것은 죽음을 장사로 생각하는 장사치들과 경제 관료들을 위한 것일 뿐이다. 죽음에 대한 경외심은 그 전 단계인 늙음에 대한 존중에서 나오지 않으면 안 된다. 늙음조차 성급하게 처리하고 성급하게 기억에서 지우려고 하는 한 우리는 결코 아름답게 죽을 수가 없다.[35]

매일같이 신문을 장식하는 고독사, 노인 자살, 노인 빈곤……. 이런 늙음과 관련된 숱한 말들은 저 초원의 이빨 빠진 늙은 사자처럼 우리를 우울하게 만들고 있다. 이런 세상에서 늙음은 두려움의 대상이 된다. 늙음은 곧 추방이며, 심각한 인격 부정이다. 그러므로 우리는 늙지 않기 위해 필사적인 노력을 기울이는지도 모른다. 아무리 아름답게 늙어도 우리 시대에 늙음은 피할 수 없는 저주처럼 느껴진다. 누구나 두려워하지 않고 편하게, 품격 있게 늙을 수 있다면 얼마나 좋을까. 우리가 바라는 진정으로 행복한 사회는 그런 것이 아닐까. 늙음이 불편하고 추한 사회일수록 노인과 젊은이를 불구하고 구성원들의 삶의 가치는 떨어진다. 죽음은 우리가 살아서 경험할 수 없다. 죽으면 끝이다. 하지만 늙음은 우리가 살아있는 한 시빌레처럼 지겹도록 경험해야 한다.

늙음은 인생의 벗이다. 그래야 한다. 사고사와 같은 비극적인 죽음이 아닌 한 우리는 반드시 늙어서 죽는다. 진정한 인생의 맛은 늙을수록 더 느껴진다고 한다. 품격있는 행동, 여유로운 미소, 너그러운 마음, 지혜로운 이마, 절제와 겸손의 미덕……. 이 모든 것은 늙지 않으면 맛볼 수 없는 것들이다.

모든 일이 다 그렇듯 끝이 불행하면 모든 것이 불행해진다. 끝이 아름다워야 모든 것이 아름답다.

안락사인가,
자살인가

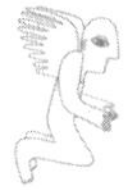

살다 보면 누구나 삶의 막다른 지점에 이를 때가 있다. 빚에 허덕이는 가장이나 부도 위기에 빠진 중소기업의 사장, 불치병으로 더 이상 삶을 이어가기 어려운 사람이나 극복 못할 이별의 아픔에 빠진 사람이 그런 부류다. 그들에게 삶은 다만 고통일 뿐이다. 그때 사람들은 종종 탈출구로서 죽음의 유혹에 빠져든다. 사는 것보다는 죽는 게 차라리 더 낫다고 생각하게 되는 것이다.

그것이 바로 자살이다. 인간은 다른 동물과 달리 죽음을 선택할 수가 있다. 항상 사회적 문제가 되고 있는 자살과 안락사는 인간이 스스로 죽음을 선택할 수 있다는 데서 비롯한다. 자살과 안락사는 다른 것 같지만 자의적으로 죽음을 맞아들인다는 점에서는 같다.

우리는 흔히 자살을 죄악이라고 생각한다. 그것은 인간이 자기에게 주어진 생을 스스로 내려놓을 권리가 없다는 전통적인 윤리 기준에 의한 것이다. 그런 윤리 기준이 아니더라도 죽음은 우리가 함부로 넘어갈 수 있는 경계가 아니다. 앞에서도 말했지만 죽음은 생을 완주한 자만이 맞이할 수 있는 마지막 관문인 것이다.

그렇다면 앞에서 본 철학자 소크라테스의 죽음은 어떻게 보아야 할까? 그는 스스로 독배를 들었으니 형식적으로는 자살에 속한다고 할 수도 있을 것이다. 그러나 농담일지라도 그의 죽음을 두고 자살이라고 하는 사람은 없다. 더구나 그가 안락사를 했다고 주장하는 사람 역시 아무도 없다. 그는 사형선고를 받았고 불가피하게 죽었다.

그럼에도 불구하고 그의 죽음은 외형상 안락사와 매우 가까운 형태를 띠고 있다. 첫째 그는 죽을 당시 그때로서는 상당한 고령인 70세였고, 정신적으로나 육체적으로 건강하였다. 그리고 마지막 대화를 나눌 친구들에게 둘러싸여 있었다. 그는 더 이상의 삶에 미련도 후회도 가지고 있지 않았다. 오히려 죽음이 영혼을 육체로부터 해방시켜준다고 믿었다. 그런데다 가장 중요한 것은, 그는 고통 없이 죽을 수 있었다. 〈파이돈〉의 기록에 의하면 독배를 들고 나서 소크라테스는 극심한 고통을 겪은 것 같지는 않다. 다리가 마비되면서 천천히 독이 심장에까지 이르렀고, 그는 평화롭게 눈을 감았다. 외형만 보자면 안락사도 그만한 안락사가 없을 것이다.

만일 당시 아테네의 사형 방식이 독배를 드는 것이 아니라 십자가에 못 박혀 죽는 것이었거나, 사지를 찢어 죽이는 능지처사였거나,

사자밥으로 던져주는 방식이었거나, 같은 독배라도 펄펄 끓는 부자(附子)로 핏줄을 다 터져 죽게 하는 조선시대의 사약 같은 것이었다면 어땠을까? 그래도 그는 한가롭게, 철학적 이야기들을 늘어놓으며 죽을 수 있었을까?

그렇다고 이 위대한 철학자의 죽음을 폄훼하고 싶은 마음은 손톱만큼도 없다. 어떤 방식으로 죽었든 그는 의연하고 아름답게 죽음을 맞았을 것이다. 내가 말하고 싶은 것은, 처지는 다르더라도 죽음이 기다리는 상황에서 소크라테스처럼 스스로 죽음을 택할 권리가 인간에게 있는가 하는 문제이다. 사형선고를 받지 않았다 해도 사형선고나 다름없는 시한부 생명을 살고 있는 사람에게, 그리고 희망이 전혀 보이지 않을 때(적어도 그렇다고 본인이 판단했을 때), 자의적으로 그런 선택을 할 권리가 인간에게 있는가 없는가 하는 문제이다.

이것은 결코 간단한 문제가 아니다.

얼마 전 간호사 출신의 한 영국 여성이 안락사가 허용된 스위스에서 자의적인 죽음을 맞았다는 뉴스가 충격을 주었다. 질 페러우라는 이름의 이 75세 여성은 오랫동안 호스피스 완화의료 센터에 근무하면서 수많은 노인들을 위해 일했고, 노인들을 돌보는 법에 대한 책도 2권이나 썼다고 한다. 죽기 전 그녀는 건강한 상태였으며, 우울증에 시달리거나 빚쟁이에 쫓기는 신세도 아니었다. 그러나 그녀는 대상포진으로 심하게 앓고 난 후, 이제 자기 삶이 정점에 왔고 죽을 시기가 왔다고 느꼈다. 무엇보다 그녀가 두려워했던 것은 무력하게 늙어가는 자신의 모습이었다. 죽기 직전 한 인터뷰에서 그녀는 이렇게 말했다.

"평생 나이 든 사람을 돌보면서 항상 '난 늙지 않겠다' '늙는 것은 재미없다'고 생각해왔다. 늙는다는 것은 암울하고 슬프다. 대체로 끔찍하다."

"내가 이제 막 언덕 꼭대기에 올랐다는 것을 안다. 앞으로 더 좋아지는 일은 없을 것이다. 보행기로 길을 막는 늙은이로 기억되고 싶지 않다."

그래서 그는 자녀들에게 결심을 밝히고 남편의 동의를 얻어 스위스의 강가 옆 멋진 레스토랑에서 마지막 만찬을 즐긴 다음, '죽음 조력 단체'의 도움을 받아 스스로 생을 마감하였던 것이다.

그녀의 그런 죽음에 대해 한편에서는 "멋있다." "나도 그럴 수만 있다면 그러고 싶다."는 사람도 있고, 다른 한편에서는 "말도 되지 않는다." "너무나 이기적이다." "그녀는 틀림없이 지옥에 가게 될 것이다."는 사람도 있다.

그녀는 과연 안락사를 했던 것일까, 아니면 자살을 했던 것일까?

사전적 정의에 의하면, 그리고 통념적인 정의에 의하면 그녀는 자살을 했다. 안락사는 그런 식으로 선택할 수 있는 것이 아니다. 아무리 그게 편한 길이라 해도, 아니 편하기 때문에 더욱 안락사는 철저한 정의가 필요하다.

의학적, 윤리적, 나아가 철학적이고 신학적인 논란은 차치하고라도, 안락사의 기본적인 정의는 '치유될 수 없는 질병에 걸려서 엄청난 고통이나 고난을 겪고 있는 사람들이, 더 이상의 고통을 받지 않기 위해 죽음을 선택할 수 있게 하는 것'을 말한다. 여기서 '치유될 수 없는 질병'이니 '엄청난 고통', '죽음을 선택할 수 있게 함' 등은 세세히 들여다보면 모두 철학적, 의학적으로 논란이 되겠지만, 어쨌든 큰 틀에서 이 내용을 충족해야 한다. 그러므로 질 페러우의 죽음은 안락사가 아니라 안락사로 위장된 자살에 속한다고 할 수 있을 것이다.

안락사는 다시 고통에 빠진 사람이 빨리 죽을 수 있도록 다른 사람이 적극적으로 개입하는 적극적 안락사와 아무런 연명 조치도 하지 않고 그냥 죽도록 내버려두는 소극적 안락사로 나뉜다. 적극적인 안락사의 대표적인 사례가 바로 스위스에 본부를 두고 세계적으로 회원을 받아들이고 있는 '엑시트(EXIT)'의 활동이다. 일종의 자살 조력단체다. 비록 스위스는 적극적 안락사를 법적으로 인정하고 있지 않지만 실제로는 한 해에도 수백 명이 이 단체의 조력을 받아 이른바 '안락사'를 하고 있는 것이다. 스위스에는 엑시트뿐만 아니라 이러한 단체가 5개나 된다고 한다. 이들이 안락사에 사용하는 약은 독일 등지에서 사용 금지된 강력한 수면제의 일종인 펜토바비탈나트륨으로, 약 15cc 정도를 50cc의 물에 타 먹으면 잠든 사이 30분이 채 안 되어 아무런 고통 없이 죽게 된다는 것이다. 바로 간호사 질 페러우가 택한 방법이다. 지금도 전 세계에서 늙음과 죽음의 문을 통과하기 두려운 사람들이 이 처방을 받기 위해 줄을 짓는다고 한다.

소극적인 안락사는 그에 비해 상당한 이유가 있다. 소극적인 안락사는 쉽게 말하자면 아무 의식이 없이 산소마스크에 의지하는 환자의 산소마스크를 가만히 떼주기만 하는 것이다. 나아가 노인 요양병원에 입원한 회복 불가능한 환자에게 더 이상 약 처방을 해주지 않으면 된다. 단지 고통을 느낄 때 진통 처방을 해주는 것으로 끝이다. 그래서 소극적인 안락사는 학자에 따라 그냥 '자연사'라고 부르는 게 옳다는 사람도 있다.

그런데 어쩌다, 가뭄에 콩 나는 확률보다 더 낮지만 식물인간 상태로 몇 년을 지내다 깨어나는 경우가 있다. 그럴 때를 대비하여 모든 식물인간들은 대기 상태로 두는 것이 좋을까. 또 말은 못하지만 식물인간 상태인 본인이 연명치료를 간절히 원하고 있다면……?

본인이 잠깐 깨어나서 딱 부러지게 결정을 해주면 아무 문제가 없을 것이다. 이를테면 "나 제발 이제 좀 죽게 내버려둬." 하거나 "나 산소호흡기 뗄란다." 하면 그 의사에 따라주면 된다. 그러나 식물인간은 의식이 없다. 입이 있어도 말할 수 없다. 가족들도 함부로 떼라 마라 하기가 어렵다. 의사는 더더구나 어렵다.

그래서 그런 애매모호한 상황이 될 때를 대비하기 위해 〈일본 존엄사 협회〉에서는 아예 의식이 또록또록할 때 '존엄사 선언문'을 작성하여 사인을 해두라고 권한다. 혹시 참고가 될지 모르니까 여기에 그대로 옮겨본다.

제가 불치병에 시달리며 죽음에 가까워졌을 때를 대비하여 저의 가족과 저를 담당하는 의료진에게 다음과 같이 선언합니다. 이 선언서는 제가 건전한 정신상태에서 작성한 것입니다. 따라서 건전한 상태에서 제가 이 문서를 파기하거나 철회하지 않는 한 이 선언서는 계속해서 유효합니다.

첫째, 현대 의학에서 볼 때 제가 불치의 상태에 있으며 죽음이 가까웠다는 진단이 내려진 경우에는 제 생명을 연장시키는 조치를 일절 하지 마시기 바랍니다.

둘째, 단지 이 경우에도 저의 고통을 덜어주기 위한 최대한의 조치는 나해 주시기 바랍니다.

셋째, 제가 수개월에 걸쳐 이른바 식물인간의 상태에 빠졌을 때는 일절 생명유지 조치를 해서는 안됩니다.

이상 제가 선언서에서 요청한 바를 충실히 이행해 주신 여러분들께 깊이 감사를 드립니다. 여러분의 행위에 대한 일체의 책임은 저 자신에게 있다는 것을 여기에 덧붙여 적습니다.

그리고 서명 날인하면 된다. 하지만 이런 형식이 허용된 나라는 별로 없다. 환자의 바람과 의사의 조치가 맞아떨어지기 위해서는 여러 가지 검토해야 할 사항이 아직 남아있기 때문이다.

안락사의 문제는 이처럼 복잡하다. 질 페러우의 경우처럼 위장된 자살로 이용될 수도 있으며, 생체실험과 같은 고약한 일에 이용될 수도 있다. 안락사는 인간이 탄생과 죽음과 같은 신의 영역에 개입할 권리가 있는가 하는 문제로서 사형제도와 함께 영원한 숙제로 남을 가능성이 크다.

분명한 것은, 적극적이든 소극적이든 큰 틀에서 우리에게 죽음을 선택할 권리는 없다는 것이다. 자신의 죽음을 두려워하지 않았고 나아가 일종의 찬미까지 했던 소크라테스조차 인간은 자살로 직접 생을 마감할 권리가 없다고 했다. 기독교에서는 자살한 자는 반드시 지옥으로 가게 된다고 했고, 불교에서는 비록 자살을 하여 현재의 고통에서 벗어난다 해도 그것은 진정으로 벗어난 것이 아니라 반드시 윤회를 통해 다음 생에 이어진다고 했다. 그러므로 살아있는 동안 부활하라는 예수님의 가르침이나 살아서 해탈하라는 부처님의 가르침은 자살이 결코 끝이 아님을 알려주는 경고이다. 그것을 위해 우리는 이 생에서 무거운 짐을 진 채 산을 오르는 짐꾼처럼 자기 인생의 몫을 살아가는 것이다.

출구(EXIT)는 비겁한 자의 비겁한 선택이다. 현대에 유행하는 경제적 자살(Econocide)도 마찬가지다. 경제위기가 오면 그 나라의 자살률이 증가한다고 한다. 버블 붕괴 때의 일본이 그랬고, 국가 부도 상태인 그리스가 그렇다. 자살률로 따지자면 세계에서 첫 번째인 대한민국도 마찬가지다. 빚더미에 눌린 가장이 탈출할 수 있는 유일한 길이 자살밖에 없다면 그 사회는 이미 병든 사회이다. 과도한 경쟁과 불평등은 인간을 죽음으로 몰아넣는다. 하지만 누구나 그게 최선의 길이 아님을 알고 있다. 그것은 불행한 죽음일 뿐이다.

이 세상은 고통으로 가득 차있다. 일체개고(一切皆苦)……. 부처님의 말씀대로 일체가 고통이다. 예수님의 말씀대로 '수고하고 무거운 짐 진 자'로서의 생은 그 자체가 인간의 숙명이다.

아무리 행운의 복권을 쥐고 태어난 자라 하더라도 인간의 육신을 입고 인간으로 태어난 이상 누구나 무거운 짐을 짊어지고 살아가야 한다. 그것이 우리들의 실존적 조건이다. 그 가운데 행복을 발견하기도 하고, 웃고 즐기기도 하는 것이다. 죽음을 넘어가는 고통 역시 세상에 대한 미련을 버리라는 신의 뜻이 담겨있는지 모른다. 그 고통을 통해 많은 것이 정리된다.

나는 이에 덧붙여 다음과 같이 말해주고 싶다. 인생에 너무 큰 기대를 걸지 마라. 우리는 그냥 마라톤 선수처럼 고통을 참고 묵묵히 뛰어갈 뿐이다.

나뿐만 아니라 다들 그렇게 힘겹게, 마지막까지 비틀비틀 뛰어가고 있다. 어차피 우리의 인생에 완주란 없다. 우리 젊을 때 불렀던 어떤 유행가 가사처럼 인생은 미완성이며, 쓰다가 마는 편지 같은 것인지도 모른다. 우리는 그저 서로 의지하고 사랑하고 격려하며 한 세상을 더불어 살아가면 된다. 함께 고생하고, 함께 늙고, 함께 죽을 수 있는 이웃이나 친구가 있다면 족하다.

다 섯 째 마 당

생의 위안

죽음은 빛이 꺼지는 것이 아니다.
그것은 그저 새벽이 찾아오기에 램프를 끄는 것과 같다.

- 라빈드라나트 타고르

사막의 무덤 위로 바람은 불어가고

내가 처음 해외여행이라고 간 것은 40대 초반, 시안(西安)에서 출발하여 둔황(敦煌)을 거쳐 우루무치로 가는 타클라마칸의 사막길, 이른바 실크로드였다. 20여 년 전이니까 중국이 막 개방하고 얼마 지나지 않았을 무렵이었다. 몇몇 글쟁이 친구들과 함께하였는데 우리는 먼저 상해로 갔다.

상해 거리로 들어선 순간, 빨래가 널린 허름한 뒷골목과 함께 먼저 내 눈에 들어온 것은 거리에 몰려다니는 수많은 인간 군상이었다. 세상에나! 얼마나 많은 사람이 몰려다니는지 마치 큰 강의 사람 물결 속으로 들어온 느낌이었다. 그 속의 '나'는 정말 아무 것도 아니었다.

그리고 얼마 있지 않아 우리는 시안에서 기차를 탔다. 기차는 누런 황토물이 넘실대는 황하를 건너, 하서회랑을 지나 서쪽으로 서쪽으로 달렸다. 당시 기차는 지금처럼 빠르지 않아서 시안에서 둔황까지 가는 데 3일이 걸렸다. 기차 안에서 자고 먹고 싸야 했다.

그때 내가 본 것은 무엇이었을까?

광막한 사막. 열사의 바람이 쉴 새 없이 불어오는 창문 너머 가도 가도 끝없는 지평선을 따라 펼쳐진 사막이었다. 좁은 반도에서 태어나 좁은 눈으로 세상을 바라보았던 내게 사막은 경이 그 자체였다. 나는 그동안 내가 보물처럼 지키고 있던 '나'라는 것이 서서히 부서지고 해체되는 것을 느꼈다. 상해에서 사람들의 물결 속에서 '나'가 한 번 부정되고 나서 두 번째 경험이었다. 그러나 이번에는 훨씬 강렬하고 근본적인 것이었다. 하염없이 눈물이 흘러내렸다. 이유도 없었다. 그저 울고 싶을 뿐이었다. 부수어지고 해체되어간 것은 '나'만이 아니었다. 내가 매달렸던 세상, 내가 매달렸던 생각들, 내가 지금껏 세상의 중심이라고 믿었던 모든 것들이 부질없이 사막의 뜨거운 열풍 속에 날려갔다.

3박4일의 열차여행 끝에 우리는 마침내 꿈에 그리던 둔황에 도착했다. 둔황에서 보낸 며칠은 꿈만 같았다. 자전거를 빌려 타고 시골 마을로 돌아다니다가 냇가에 앉아 수박을 깨어 먹었다. 매미 소리 울려 퍼지는 푸른 하늘엔 흰 구름이 마치 아이들이 도화지에 그려놓은 것처럼 둥둥 떠 있었고, 밀밭과 목화밭이 평화롭게 가로놓여 있었다. 그리고 밤에는 별들이 하늘 가득히 등불처럼 피어올랐다.

그곳에서 며칠을 보내고 나서 마지막 날 새벽, 나는 혼자서 천천히

시 외곽으로 나가보았다. 바람이 몹시 불던 날이었다. 외곽은 드넓은 사막이었다. 사막을 경계로 심어놓은 키 큰 백양나무가 바람을 맞아 건들거렸다. 누런 모래가 하늘 높이 회오리를 만들었다. 그때 내 눈에 무언가가 펄럭이는 게 보였다. 작은 봉분 위에 얼키설키 세워놓은 깃발이 바람에 날리고 있었다. 무덤이었다.

둔황은 사막 위에 떠있는 섬과 같은 곳이다. 무덤은 정해진 위치가 있는 것이 아니어서 사막 여기저기에 아무렇게나 흩어져 있었는데, 바람에 날려가고 나면 그 위에 누군가가 다시 무덤을 쓰곤 할 것이었다. 얼마나 많은 세월, 얼마나 많은 무덤들이 세워졌다 사라지곤 했을 것인가. 바람과 시간의 여울 속에 누군가의 흔적이 그렇게 쉽게 지워지는 풍경을 보며 나는 그토록 오랫동안 나를 짓누르고 있던 어떤 강박관념으로부터 서서히 벗어나는 듯한 느낌이 들었다. 죽음이란 것, 어쩌면 저렇게 별게 아닐지도 모른다는 생각이 들었던 것이다. 나의 삶이 별게 아니듯이…….

만일 우리에게 죽음이 없다면 어떻게 될 것인가. 죽음이 없는 삶이란 종착지 없는 마라톤이다. 가도 가도 끝이 보이지 않는 마라톤. 만일 그렇다면 우리의 삶은 지옥과 같을지도 모른다. 인생의 마라톤에는 반드시 종착역이 있다.

박완서 선생의 수필 중에 〈꼴찌에게 보내는 갈채〉라는 게 있다. 작가가 시내에 나갔다가 차가 막혀 웬일인가 하고 봤더니, 마침 마라톤

대회가 벌어지고 있는 중이었다. 작가는 차에서 내려 누가 1등을 하나 보기 위해 삼거리께로 달려갔다. 그러나 선두 주자들은 이미 지나가버리고 맨 후위 그룹의 선수들이 힘겹게 뛰는 중이었다. 이윽고 거의 꼴찌 가까이, 푸른 유니폼을 입은 다 지친 선수가 나타났다.

> ……조금쯤 우습고, 조금쯤 불쌍하다고 생각했다. 푸른 마라토너는 점점 더 나와 가까워졌다. 드디어 나는 그의 표정을 볼 수 있었다. 나는 그런 표정을 생전 처음 보는 것처럼 느꼈다. 여직껏 그렇게 정직하게 고통스러운 얼굴을, 그렇게 정직하게 고독한 얼굴을 본 적이 없다. 가슴이 뭉클하더니 심하게 두근거렸다. (…)
> 나는 그를 위해 뭔가 하지 않으면 안 된다고 생각했다. (…) 나는 용감하게 인도에서 차도로 뛰어내리며 그를 향해 열렬한 박수를 보내며 환성을 질렀다. (…) 내 고독한 환호에 딴 사람들도 합세를 해주었다. 푸른 마라토너 뒤에도 또 그 뒤에도 주자는 잇따랐다. 꼴찌 주자까지를 그렇게 열렬하게 성원하고 나니 손바닥이 붉게 부풀어올라 있었다.[36]

최선을 다하여 달리는 꼴찌에게 박수를 보내고 싶은 마음이 어찌 박완서 선생뿐이겠는가. 그러나 세상은 언제나 1등만을 고집하고 1등만을 기억하려고 한다. 어린 시절 학교에서부터 시작된 이 1등 최고의 교육은 죽을 때까지도 계속된다. 1등 짜리가 아닌 인간들의 죽음은 그냥 지나갈 뿐이고, 기억은 고사하고 멸시의 대상이 되기 십상이다.

그러나 우리의 인생에는 1등도 2등도 꼴찌도 없다. 사람들은 제각기 자기 인생을 자기 식으로 살아왔고 살아갈 뿐이다. 나의 인생과 비교할 수 있는 인생은 세상 어디에도 없다. 이 광막한 우주 속의 나의 존재는 위대하지도, 그렇다고 초라하지도 않다. 단지 각기 자신의 운명 하나씩을 떠안은 채 살아가고 있을 뿐이다.

한평생을 완주한다는 것은 아무나 할 수 있는 건 아니다. 태어나서 부모의 보호 아래 자라 젊은 시절의 폭풍우 같은 시간을 보내고 나면 고된 인생의 행로가 시작된다. 태어나는 순간부터 가혹한 운명과 마주해야 하는 사람도 있다. 뜨거운 여름날의 장맛비 같고, 폭풍우 같고, 뙤약볕 같은 시절을 다 보내고 나서야 비로소 맞는 것이 늙음이고 죽음이다.

한편 생각하면 우리 인생에 완주는 없다. 그러나 또 다르게 생각하면 모두가 자기 인생을 자기 식대로 완주했다고 할 수도 있다. 살아온 나이가 그것을 결정해주는 것은 아니다. 최선을 다해 살아왔다면 그것이 완주이다. 그렇게 자기 인생을 완주한 사람을 기다리고 있는 것은 다정한 어머니 얼굴을 한 죽음이다. 어머니는 마치 이렇게 말하는 듯하다.

"아들아, 딸아, 수고했구나. 힘들었지? 이제 편히 쉬어라."

죽음은 우리가 그동안 어떻게 살아왔는지 묻지 않는다. 잘 살았든 못 살았든, 더없이 행복하였든 더없이 불행하였든 묻지 않는다. 신용

불량자이건 살인자이건 가리지 않는다. 아무리 잘 살았고, 행복하게 살았다 해도 생은 그 자체가 무거운 짐이었을 것이다. 죽음은 어머니처럼 아무것도 묻지 않고 그 모든 심을 내려놓게 한다. 빚쟁이의 빚을 모두 탕감해주는 것이나 소의 목에 걸린 무거운 굴레를 벗겨주는 것 이상이다. 돈과 명예나 권력, 악행의 굴레까지도 내려놓게 한다.

그래서 마침내 우리가 도달하는 곳은 생의 덧없음이요, 생에 대한 겸손이다. 타클라마칸 사막을 여행하고 와서 내내 내 마음 속에 떠오르던 말도 바로 생에 대한 겸손이었다. 가도 가도 끝이 없는 사막 속에서 나는 아무것도 아니었고, 천산의 호수 가에 앉아서 광대한 우주의 모래알처럼 많은 별들을 바라보면서도 나는 아무것도 아니었다. 나의 불행, 나의 아픔, 나의 고통은 그저 번개처럼 지나가는 찰나의 빛일 뿐이었다.

죽으면 우리의 육신은 분해되어 다시 자연계인 우주로 돌아간다. 그렇다. 박완서 선생의 말씀대로 누구나, 언젠가는, 죽는다. 그것보다 더 자명한 사실은 없다. 그것은 두려운 것도 공포스러운 것도 아닌 자연스러운 우리 삶의 한 과정일 뿐이다. 나아가서 그런 소멸이야말로 우리 모든 살아있는 것들에 대한 하느님의 축복이며, 위안인지도 모른다. 소멸이 없다면 이 살아있음조차 무엇이 귀할 것인가. 어쩔 수 없는 것 앞에 우리는 겸손하지 않을 수 없고, 순종하지 않을 수 없다. 위대한 선인들이 우리에게 가르쳐주신 가르침도 그런 것이리라.

지금도 나는 몸이 몹시 아프거나 힘들 때면 그때 지나갔던 그 사막

길을 떠올린다. 군데군데 보이던 이름 없는 마을과 마을 어귀에 피어 있던 접시꽃……. 파란 하늘에 정처 없이 떠 있던 하얀 구름……. 그리고 일찍이 누군가의 육신이었을 하얀 해골을……. 그러면 나는 편안하게 숨을 한번 들이킬 수 있다.

죽고 난 다음에 나의 영혼은 어디로 갈까? 그런 것이 과연 있을까?

그 대답은 당신의 믿음이 해 줄 것이다.

아마도 당신의 믿음대로 될 것이다.

두 친구의 죽음

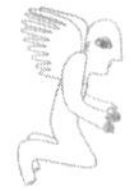

내 친구 L군은 말기 암 환자였다. 그는 순수하고 낭만적인 성격으로 평소에 술을 즐겼다. 나와는 군대 시절에 만난 사이였고, 그가 고참이었지만 나이는 나보다 한 해 아래여서 호형호제하며 친구 사이로 지냈다. 제대 후 나는 복학을 하여 대학생이 되었고 그는 을지로에서 마스터 인쇄기를 한 대 돌리는 사장 겸 직공이 되었다. 그리고 어느 날 대학원생들의 석사 논문을 인쇄해주다가 명문대에 다니는 부잣집 여학생을 만났다. 이루어질 수 없는 사랑이 시작되었다. 소설에나 나올 법한 길고 순애보적인 사연 끝에 그들은 마침내 결혼하였고, 아들까지 하나 두었다. 부지런한 그는 뒤늦게 학교를 마치고, 작은 출판사를 하고 있었다. 그런데 50대 중반을 조금 넘겼을 무렵 덜컥 간암 말기 판정을 받았던 것이다. 그리고도 그는 내가 근무하던 출판사로 놀러오고는 했다.

"어이~ 프렌드!"

그는 늘 활짝 웃으며 인사를 했다. 웃으면 은으로 테두리를 한 이빨이 환히 드러났다. 그는 나처럼 작았고, 나처럼 못생겼다. 그래서 서로 얼굴만 봐도 반가웠는지 모른다. 우리는 그가 간암 판정을 받고 나서도 자주 만나 술을 마셨다.

"해도 돼?"

내가 걱정스럽게 물으면 예의 싱거운 웃음을 달고서 큰소리를 쳤다.

"괜찮어, 이 친구야. 저승사자한텐 내가 미리 말해두었으니까."

그는 자기 간을 차지하러 들어온 바이러스들과 적당히 타협해서 함께 잘 지내보기로 약속했다고 했다.

하지만 그 바이러스라는 놈들이 약속을 지킬 리 만무했다. 그는 눈에 띄게 야위어갔고, 혈색도 변해갔다. 그래도 그는 늘 의연함을 잃지 않았고 미소도 지우지 않았다.

그의 병이 거의 막바지에 이르렀을 무렵이었다. 나는 병실로 문안을 갔다. 2인실 병실에는 그 친구 한 사람밖에 없었다. 대학교수인 부인은 밤늦게야 올 수 있다는 것이다. 밖에는 제법 굵은 비가 내리고 있었다. 나는 몹시 피곤하였기 때문에 그의 옆자리 빈 침대에 나란히 누워서 두런두런 이런저런 이야기를 나누었다. 얼른 보면 환자 둘인 셈이었다.

그때 그가 침대에서 힘겹게 일어나더니 담당의사에게 초음파 사진을 좀 보여달라고 하려는데 따라가겠느냐고 했다. 그러자고 했다. 그와 나는 주사줄이 줄줄이 매달린 링거병을 끌고 간호사실로 갔다. 마침 거기 담당의사가 있었다. 그의 주문에 담당 의사는 컴퓨터로 이리저리 찾아보더니 그의 간이 찍힌 사진을 보여주었다. 그리고는 볼펜 끝으로 암세포가 자리 잡고 있는 부분에 동그라미를 그려 보였다.

"저런 경우는 대충 얼마나 살 수 있나요?"

그는 남의 말 하듯이 물었다.

"예. 사람에 따라 조금씩 다른데……."

의사는 말하기가 곤란한 듯 말끝을 흐렸다.

"대충이라도."

그의 채근에 마침내 의사가 말했다.

"보통 두어 달쯤이죠. 사람마다 다르지만……."

그는 고개를 끄덕였다. 너무나 조용하고 진지하여 나는 그가 당사자라는 사실을 잠시 잊고 있던 느낌이었다. 그는 병실로 돌아오며 작은 목소리로 내게 말했다.

"참 친절한 친구야. 나중에 꼭 선물을 하나 하고 싶은데……."

나는 실소가 나오는 것을 간신히 참았다. 지금 의사한테 선물 운운할 때냐는 생각에서였다. 그러나 그의 표정은 더없이 맑아서 낼모레 죽음을 앞둔 사람 같지가 않았다.

그러고 나서 그는 한 달 후에 죽었다. 죽기 일주일 전에 찾아갔을 때 그는 옥상에 좀 가자더니 담배 한 대만 피우자고 했다. 우리는 바람부는 병원 옥상에서 벌벌 떨면서 마지막으로 담배를 한 대 나누어 피웠다. 군대 시절 막사 뒤에 숨어서 피우던 생각이 났다. 그는 다음날부터 혼수상태에 빠졌다.

그는 한사코 목사의 임종을 거부하다가 아내의 간곡한 청으로 다른 젊은 목사에게서 임종예배를 보았다고 들었다. 나는 임종은 지켜보지 못했지만, 임종 때 들어갔던 목사의 말에 의하면 마지막으로 "참 아름답다."고 중얼거렸다고 한다.

그가 무엇을 보고 아름답다고 했는지는 지금도 알 수가 없다. 하지만 죽음을 전혀 두려워하지 않고 의연하게 맞이하던 그의 모습은 내가 살아가는 동안 내내 내 머릿속을 떠나지 않는다. 죽음으로 가는 길에 누구나 엘리자베스 퀴블러 로스가 말한 과정을 똑같이 밟지 않는다는 하나의 증거인 셈이다.

K군은 나의 대학 동창이다. 같이 데모도 하고 같이 감옥도 갔다. 미식가이자 탁월한 안목의 인문학자인 그는 맛있는 음식점을 찾아 친구들을 대접하는 게 취미였다. 덕분에 우리 친구들은 술과 음식에 대한 이해를 넓힐 수가 있었다. 사실 먹는 즐거움과 취미는 인간의 정신을 형성하는 문화적 가치와 밀접하게 연관되어 있다. 잘 먹는 사람이 고상하다. 그렇다고 비싼 음식을 말하는 것이 아니다. 그 안에 담긴 정성, 품격을 말하는 것이다.

그가 예순이 채 되기 전에 치명적인 병에 걸렸다. 당뇨를 비롯하여

하도 병명이 여러 가지라 딱히 어느 병이 더 치명적이랄 수도 없었다. 병원에서 수차례 수술을 받았으나 가망이 없어 집에 누워 있었다. 몇몇 친구들이 문병을 갔다. 봄이고 그날도 비가 내리고 있었다. 우리는 좁은 아파트 거실 여기저기에 앉고 그는 거실 중앙에 놓인 접히는 환자용 침대에 누워 있었다. 그는 뒤늦게 결혼한 부인더러 자기가 사둔 와인을 우리에게 대접하라고 시켰다. 솜씨 좋은 그의 부인은 와인과 함께 맛깔나는 음식을 안주로 내놓았다.

좋은 와인과 좋은 음식이 있으니 자연히 말이 많아졌다. 그는 아무것도 먹지 못했지만 친구들이 떠드는 소리에 까맣게 썩어버린 이빨을 드러내고 함께 소리 내어 웃었다. 우리는 학창시절 연애 이야기도 하고 다른 친구들의 흉도 보았다.

그런 방문이 있고 얼마 후, 그는 상태가 악화되어 다시 병원에 입원을 하지 않을 수 없었다. 그게 마지막 길이었다. 이번에는 다시 살아서 나올 수 없다는 것을 그 자신도 알고 있었을 것이다.

다행히 나는 그의 마지막 모습을 몇 차례 볼 수가 있었다. 그는 자주 혼수상태에 빠졌고, 나중에는 사람을 거의 알아볼 수 없을 정도가 되었다. 육신의 살은 빠져 아기처럼 가벼워졌다. 한때는 나와 함께 청춘의 한 시절을 보낸 친구였다. 그러나 죽음을 앞둔 그는 완전히 혼자였다. 더 이상 자신의 의지로는 어쩔 수 없는, 육신에 가해지는 고통과 마주한 그의 얼굴은 엄숙하였고 외로웠다.

나는 그의 침대 곁에 앉아 그가 죽음의 사자를 맞아들이는 신성한 순간을 지켜보았다. 육신은 허물어져갔지만 그의 홀쭉한 볼과 꼭 다문 입에서는 마지막까지 정신의 존엄함을 놓지 않는 고귀함이 느껴졌다. 혹독한 고통을 견디며 자기를 놓아가는 그 순간 그는 거의 입선의 경지에 이른 고승처럼 보였다.

나는 지금도 그것이 죽음으로 가는 엄숙하고 거룩한 통과의례일 거라고 생각한다. 육신의 고통을 동반하지 않는 죽음은 없다. 부처님도 그렇게 열반하셨고, 예수님도 그렇게 승천하셨다.

마침내 그가 그 고통의 문을 통과해 이승의 문을 나가고 나자, 우리는 그가 남겨놓은 허물인 몸을 화장한 다음 남한강 가 어느 기슭에 뿌려주었다.

그러나…….
죽음, 영원한 수수께끼

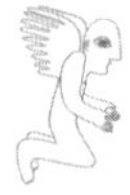

이제 이 글을 마무리할 시간이 되었다.

나는 처음 이 어둡고 무거운 주제에 도전할 무렵, 죽음이 두려운 것이나 저주가 아닌 신의 축복이자 위안임을 밝혀내고자 했다. 그래서 나는 마치 가벼운 산책길에 오른 사람처럼 유쾌한 말만 하기로 했다. 첫째 마당에서 소크라테스의 이야기를 꺼낸 것도 그런 이유에서였다.

하지만 이 글을 마무리하는 지금, 나는 여전히 아무런 말도 하지 않았음을 고백하지 않으면 안 되겠다. 여전히 죽음은 나에게 수수께끼와 같은 것이다.

이 글을 쓰는 도중에 나와 가장 가까운 손위 형수가 말기 암 판정을 받았다. 60대 초반의, 요즘으로 보자면 아직 젊은 그녀의 암 선고는 가족 모두에게 큰 충격을 안겨주었다. 그토록 건강하고 씩씩하던 그녀는 눈앞에 다가온 죽음과 힘겨운 조우를 해야 했고, 배신감과 억울함으로 사흘을 울었다고 한다.

그런 나의 형수에게 이 글은 과연 어떤 의미가 있을 것인가? 부활과 영원한 생명을 약속했던 예수님의 가르침이나, 삶도 죽음도 없다고 설파하신 부처님의 가르침은 어떤 위안이 될 것인가? 그런 상황이 나에게 닥쳐온다면, 언젠가는 오겠지만, 과연 나는 의연하고 초연하게 맞을 수 있을 것인가?

사실대로 고백하자면 나는 그럴 자신이 없다. 내가 할 수 있는 일은 건강하게 살아있는 동안 나 자신을 단련하는 방법밖에는 없다. 다행히 우리는 우리 마음에 프로그램된 대로 행동한다. 나의 믿음과 소망이 나를 만든다. 평소에 죽음과 죽음의 방식에 대해 생각해두고 나 자신을 훈련시켜, 마지막 의지가 꺾일 무렵엔 프로그램된 대로 행동하게 되는 것이 가장 바람직할 것이다.

밤에 보면 나의 서재 처마 끝 멀리 녹색 별 하나가 빛나고 있다. 수많은 별들 중에 별로 눈에 잘 띄는 별은 아니다. 나는 그곳에 나의 또 다른 고향이 있다고 생각한다. 그곳에는 아득한 옛날 두고 온 부모님과 아내, 형제와 자식들도 있다. 나는 지상에서 수많은 윤회를 한 다음 죽으면 그 별로 돌아갈 것이다. 지금 살고 있는 나의 아내도, 아이들도, 형제들도 각기 자기들이 떠나온 별들이 있어 언젠가는 그들의 또 다른 가족들이 기다리고 있는 그곳으로 가게 될 것이다. 하나의 이별은 하나의 만남을 위한 과정인 셈이다.

그때를 위해 나는 이 지상의 삶을 열심히, 즐겁게 살려고 한다. 새벽에 일어나 깊은 묵상이나 명상을 하는 것도 그 방법이다. 기도라 해도 상관없다. 그렇게 유한한 자신을 되돌아보고, 언제나 떠날 준비를 하고, 초연한 마음을 유지하는 것이다. 그리고 낮에는 모든 것을 잊고 열심히 산다.

내가 아는 어떤 70대 의사는 본인이 말기 암 환자로, 폐와 간의 일부를 잘라내고도 암이 재발하여 몇 군데를 더 잘라냈지만 여전히 초췌한 모습으로 환자를 돌보고 있다. 농담도 하고 산책도 한다. 그는 그냥 살아있는 동안 그에게 주어진 일상적인 일을 하고 있을 뿐이다.

"그 의사 아직 안 죽었어?"

사람들은 그렇게 농담을 하기도 하지만 그는 여전히 살아있다. 일상이란 또 하나의 강력한 힘이라는 것을 새삼 깨우쳐주는 이야기다.

만일 우리도 그럴 수만 있다면 이 많은 이야기가 다 필요없을지 모른다. 나는 나의 많은 이야기보다 그의 의연한 삶이 오히려 살아있는 사람들에게, 혹은 죽음을 앞둔 모든 사람들에게 더 큰 힘과 위로가 될 것이라고 믿는다.

죽음은 누구에게나 영원한 수수께끼 같은 것이다. 죽음 앞에서는 누구나 혼자이며, 그것을 넘어가는 것도 혼자이다. 거기에는 정답도 왕도도 없다.

미 주

첫째 마당 죽음과의 만남

2. 죽음을 대하는 다섯 단계 반응

1 엘리자베스 퀴블러 로스, 《죽음과 죽어감》, 이진 역, 이레, 2008.

2 "어쩌면 그때 누구라도 화가 나는 게 당연할지 모른다. 우리의 삶이 너무 일찍, 너무 갑작스럽게 유린당하면 누구라도 그렇게 화가 날 것이다. 지으려고 했던 건물들이 다 지어지지 못한 채 다른 사람의 손에 맡겨져야 한다면, 열심히 돈을 벌어서 미래의 휴식과 즐거움을 위해 저축해두었고 이제 막 여행을 하고 취미생활을 시작할 생각이었다면, 그런데 그 모든 것이 결국 나에게 불가능한 것이 되어버린다면 말이다." 위의 책.

3. 모든 죽음은 몸의 죽음에서 시작된다

3 대표적인 예로 1997년에 있었던 '보라매병원 사건'을 들 수 있다. 넘어지면서 뇌를 크게 다친 50대 남성이 의식불명 상태로 병원에 실려왔다. 급하게 수술을 했지만 상태는 극히 좋지 않았다. 뒤늦게 상황을 전달받은 그의 부인은 의료진의 만류에도 불구하고 막무가내로 퇴원을 요구했고, 그 남성은 퇴원한 지 두 시간 만에 집에서 숨을 거두었다. 문제는 그 다음이었다. 어쩔 수 없이 환자를 퇴원시켰던 의사가 살인죄로 기소된 것이다. 의사가 임의로 환자의 산소 호흡기를 떼었으니 고의로 환자를 죽인 것이나 다름없다는 취지였다. 그렇다면 중환자실 담당 의사들은 언제라도 '살인자'가 될 수 있었다. 의료계는 발칵 뒤집혔고, 환자와 보호자가 원하지 않더라도 환자의 숨이 넘어갈 때까지 연명치료를 지속할 수밖에 없게 되었다. 뇌사의 개념이 거의 없던 시절의 이야기다. 이제는 각 나라마다 뇌사의 기준도 정해졌고, 뇌사를 사망으로 판정하는 사례도 점차 늘고 있다. 산소 호흡기를 떼느냐 마느냐는 여전히 숙제로 남아있지만, 숨이 붙어있다 해서 마냥 연명치료

를 해야 하는가에 대해서는 많은 사람들이 의문을 던지고 있다.

4 외경인 〈도마복음〉에는 몸과 영혼에 대한 재미있는 비유가 나온다. 예수께서 가라사대, "육신이 영혼으로 인하여 존재케 되었다면, 그것은 기적이로다. 그러나 영혼이 몸으로 인하여 존재케 되었다면, 그것은 기적 중의 기적이로다. 진실로 나는 어떻게 이토록 위대한 부유함이 이토록 빈곤함 속에 거(居)하게 되었는지 불가사의하게 생각하노라."(〈도마복음〉 29절) 얼핏 들으면 영혼 우위설 같지만 자세히 들여다보면 몸과 영혼의 동거 관계에 관한 불가피성의 인식이 들어있다.

5 일찍이 파브르는 그의 《곤충기》에서 벌레들의 놀라운 아름다움과 정교함을 훌륭하게 묘사했다. 왕딱정벌레에 관한 묘사를 보자. "그놈이 무엇을 잘 할 수 있는가? 예능에는 거의 제로에 가깝다. 살인이나 하라면 거침없이 해치우면서도 무능하기 짝이 없는 놈이 그래도 몸차림만은 듣도 보도 못할 만큼 굉장히 차리고 있다. 황동이나 금빛, 청동색으로 번쩍이는 옷을 한 몸에 걸치고 있으며 걸친 옷이 검으면 검을수록, 그 칙칙한 무늬에다 번쩍이는 보랏빛 수정으로 변두리를 수놓아서 유난히 눈에 띈다. 흡사 옛날의 무사가 갑옷을 두른 듯이 찰싹 달라붙은 날개에는 올록볼록하게 쇠비늘을 장식으로 붙여놓은 듯 새겨져 있다. 늘씬한 등허리에 미끈한 옷차림으로 그럴 듯하게 나서는 왕딱정벌레의 자태는 우리들의 곤충 채집 상자에서 가장 멋쟁이이다." _장 앙리 파브르, 《파브르 곤충기》, 구건 옮김, 세명문화사, 1988.

6 "내 몸은 40조 내지 60조의 기본 단위, 즉 세포로 되어있다. 이 귀한 작은 이들은 쉬는 법이 없고, 예외 없이 나의 유지와 작동에 참여하고 있다. 간단히 말해, 나는 지구 전체 인구보다 1만 배나 많은 개인을 고용하고 있는 '회사'인 것이다!" _앙드레 지오르당, 《내 몸의 신비》, 이규식 옮김, 동문선, 2002.

7 박정만 유고시집 중 〈해 지는 쪽으로 가고 싶다〉 전문. "해 지는 쪽으로 가고 싶다./들판의 꽃잎은 시들고/나마저 없는 저쪽 산마루//나는 사라진다./저 광막한 우주 속으로." _박정만, 《그대에게 가는 길》, 실천문학사, 1988.

8 "우리는 평생 이산화탄소를 배출한다. (…) 우리는 모두 이산화탄소 생산공장이다. (…) 우리는 6개월마다 머리끝에서 발끝까지 온몸의 체중을 합친 만큼의 탄소를 이산화탄소로 배출한다고 한다. 그러나 음식을 먹고 숨을 쉬는 과정에서 그보다 훨씬 더 많은 양의 탄소가 이산화탄소로 전환된다." _타일러 볼크 · 도리언 세이건, 《죽음과 섹스》, 김한영 옮김, 동녘사이언스, 2012.

9 “당신이 고대 이집트의 파라오처럼 방부처리가 되어 여러 겹 밀봉된 관 속에 누워 있지 않다면, 무덤 속의 당신은 박테리아들이 먹어치워 당신 몸속의 탄소를 이산화탄소로 변화시킨다. 이산화탄소 분자는 애초에 우리 몸이 만들어질 때 들어간 주재료였다. 식물들이 공기 중의 이산화탄소를 먹어 탄소에 기초한 유기분자를 만들고, 당신을 비롯한 동물들이 이것을 먹기 때문이다. 생식주의자건, 철저한 채식주의자건, 북극의 에스키모들처럼 육식을 위주로 하건, 인간은 궁극적으로 대기 중의 이산화탄소에 의존한다.” 위의 책.

10 “화장을 선택한다면 박테리아의 잔치는 피할 수 있다. 그렇게 해도 당신을 구성하는 탄소는 대기 중의 이산화탄소로 돌아간다. 당신이 죽은 뒤 어떤 경로를 밟건 간에, 당신은 결국 지상에서 광합성을 하는 모든 조류와 식물에게 꼭 필요한 영양소 분자가 된다.” 위의 책.

4. 몸, 마음, 영혼

11 희노애구애오욕(喜怒哀懼愛惡慾)의 칠정(七情)이 동물적, 원초적인 감정에 가깝다면, 인의예지(仁義禮智)의 근본이 되는 측은지심(惻隱之心)·수오지심(羞惡之心)·사양지심(辭讓之心)·시비지심(是非之心) 등 사단(四端)은 인간만이 지닌 고차원적인 감정이라고 할 수 있다.

12 동물학자인 베른트 하인리히는 새끼 때부터 길러 야생에 놓아준 ‘골리앗’이라는 까마귀를 8개월 만에 다시 만났는데 자기를 알아보고 반갑게 날아와서 짖어대는 것도 경험하였다고 한다. _베른트 하인리히, 《까마귀의 마음》, 최재경 옮김, 에코리브르, 2005.

5. 소크라테스의 죽음, 인류에게 축배를!

13 플라톤, 《소크라테스의 변명》, 황문수 옮김, 문예출판사, 1973.

둘째 마당 죽음에 대한 태도가 삶을 결정한다

1. 의리에 살고 의리에 죽는다 - 동양의 생사관

14 “子曰 ‘君子疾沒世而名不稱焉’.” 《논어》, 〈위령공편(衛靈公篇)〉

2. "나는 부활이요, 생명이니……." -서양의 생사관

15 아버지를 의미하는 아람어. 기도할 때 쓰인다. 아람어는 예수가 생전에 쓰던 유대계 언어이다.

3. 오는 것이 없으니 가는 것도 없다 - 불교의 생사관

16 "無無明 亦無無明盡 乃至無老死 亦無老死盡."《반야심경》

셋째 마당 덧없어라, 생이여!

3. 내 인생에 꽃다발을

17 "내 생애에 있어서 처음으로 시인들이 노래하고, 그토록 많은 사상가들이 궁극적인 예지라고 단언했던 진리를 보았다. 그 진리는 사랑이야말로 인간이 열망할 수 있는 궁극적이고도 지고의 목표라는 것이다." _빅터 프랭클, 《죽음의 수용소에서》, 이시형 옮김, 청아, 2012.

4. 사랑과 불멸, '젊은 베르테르의 슬픔'

18 "세계관 방어는 자신의 죽음을 인식했을 때 발생하는 심리적 동요에 대처하는 독특한 해독제이고 그 방어 기제가 잘 확립된 덕분에 우리는 정상적인 상황에서 우리가 전혀 주목하지 않는 수준까지 동요를 억누를 수 있다. 죽음 인식이 실존적인 공포나 그 밖의 의식적인 문제를 일으키기 전에 세계관 방어 기제가 시동을 켠다. 그리고 그 과정은 무의식적으로 일어나는 것처럼 보인다." _《죽음과 섹스》.

19 "자신의 세계관을 방어하는 궁극적인 방법은 다른 세계관들을 제거해서 나의 세계관이 옳다는 것을 입증하는 것이다. 만일 외집단을 설득해 우리에게 합류시킬 수 없다면 말살해버리면 끝이다." 위의 책.

5. 죽음에 관한 어두운 기억들

20 미셸 푸코, 《감시와 처벌》, 오생근 옮김, 나남, 2013.

21 리수충,《죽음 이야기》, 양성희 옮김, 시그마북스, 2011.
22 미란다 트위스,《세상을 움직인 악》, 한정석 옮김, 이가서, 2003.
23 몽테스키외,《법의 정신》, 이명성 옮김, 홍신문화사, 2006.

넷째 마당 잘 살아야 잘 죽는다

1. 무시하기, 모시기, 친해지기

24 김민희, 〈0.35평 관 속에 누워 죽음을 통해 묻다 '나는 잘 살고 있는가?'〉,《조선일보》 2013년 5월 20일자.

2. 영원한 이별을 위한 연습

25 다음은 그때 그가 재판정에서 했던 최후진술의 일부이다. 이러한 생각은 그가 평생 동안 유지했던 대원칙이었다. "미국 시민으로서 나는 권리와 의무를 가지고 있습니다. 미국 수정헌법에서는 시민들에게 자유로운 언론과 출판의 자유, 즉 내가 가지고 있는 믿음을 말하고, 출판할 수 있는 권리를 보장하고 있습니다. 이러한 권리를 위해 우리의 선조들은 유럽을 떠나 이곳으로 온 것입니다. 이러한 권리를 위해 많은 사람들이 지금도 싸우고 있습니다. 이러한 법이 무시된다면 이 나라의 번영은 나에게 아무런 의미가 없습니다. 자기의 생각과 의견을 자유롭게 표현할 수 있는 기회가 제공되고 우리 앞에 놓인 문제에 대해 자유롭게 토론할 수 있는 권리가 보장되지 않는다면 지금 이 나라의 풍요는 어떤 의미도 가질 수 없습니다. 지금의 미국은 자유를 원합니다. 그리고 미국 시민으로서 이 자유야말로 그것을 위해 우리가 싸워야 하는 가장 소중한 자산인 것입니다. 이 자유는 법률과 헌법에 의해 보장되는 것입니다. 설사 법률과 헌법이 없다 해도 이 자유는 민주사회의 일원에게 보장된 당연한 권리입니다." _스콧 니어링,《스콧 니어링 자서전》, 김라합 옮김, 실천문학사, 2000.
26 헬렌 니어링은 이렇게 썼다. "일을 할 때 우리는 절대로 서두르지 않았다. 가끔 소나기가 막 쏟아지려고 하거나, 단풍나무 수액통이 넘치거나, 크리스마스 같은 특별한 날에 주문이 밀리거나 하는 일이 없는 한, 일을 서둘러서 하지 않았다. 우리는 어느 순간이나,

어느 날이나, 어느 달이나, 어느 해나 잘 쓰고 잘 보냈다. 우리가 할 일을 했고, 그 일을 즐겼다. 충분한 자유 시간을 가졌으며, 그 시간을 누리고 즐겼다. 먹고 살기 위한 노동을 할 때에는 비지땀을 흘리며 열심히 일했다. 하지만 결코 죽기 살기로 하지는 않았다. 그리고 더 많이 했다고 기뻐하지도 않았다." _헬렌 니어링 · 스콧 니어링, 《조화로운 삶》, 류시화 옮김, 보리, 2000.

27 《스콧 니어링 자서전》

28 헬렌 니어링, 《아름다운 삶, 사랑, 그리고 마무리》, 이석태 옮김, 보리, 1997.

29 남편의 임종을 지킨 헬렌은 이렇게 말했다. "그의 죽음을 보며 나 또한 삶에 큰 고마움을 느끼며, 또 죽음이 삶을 아름답게 마무리할 수 있는 데 큰 고마움을 느꼈다. 우리는 누워서 병을 앓으며 무력한 삶을 계속 살아갈 필요가 없다. 요양원에서 이루어지는 긴 사멸의 공포를 느낄 필요도 없다. 우리가 집에 있고 우리 희망을 알릴 수 있으면, 우리는 먹는 것을 멈출 수 있다. 그것은 간단한 일이다. 병구완을 않고 먹는 것을 멈추면 죽음은 우리 앞에서 두 손을 활짝 벌리는 것이다. 스콧의 죽음은 내게 훌륭한 길, 훌륭한 죽음을 보여 주었다. 고통과 억압이 없는 죽음, 여전히 생명의 흐름이 이어지는 것. 그렇기 때문에 슬픔이 없다." 위의 책.

3. 죽음보다 더 무서운 것, 늙음

30 김진국, 《나이듦의 길》, 한티재, 2013.

31 "노화 정복이라는 말은 늙지 않으려 하고 늙음을 피하려고 몸부림치는 모든 인간들의 욕망에 편승하여 시장을 확대하려는 의료산업계의 수사에 불과하다." 위의 책.

32 "지금 우리 사회에서 늙음과 죽음을 대하는 태도는 동서고금의 보편적 정서를 넘어서 있는 것 같다. 늙음에 대한 극단적 혐오가 만연하고 있다. 우리 역사에서 늙음이 지금처럼 조롱당하고 무시당했던 시절이 있었나 싶을 정도이다." 위의 책.

33 "문명화 과정의 특징 중의 하나가 '격리의 역할' 즉 불쾌한 것을 무대 뒤로 옮기는 일이다. 오래 전부터 노인들, 특히 병든 노인에게서 풍기는 인상은 악취, 불결, 침울, 망령, 심술과 음모, 추태와 같은 부정적인 것들 일색이었다." 위의 책.

34 위의 책.

35 "죽음에 대한 경외심과 주검에 대한 배려는 인간을 다른 동물과 구분하게 해주는 중요한 척도이다. 그러나 지금 우리는 죽음에 대한 경외심이 사라진 세상에 살고 있다. 삶에

서 죽음은 사라지고 주검을 처리하는 절차만 남아있을 뿐이다. 그리고 그 절차조차도 이제는 장례문화라는 산업이 되고 있다." 위의 책.

다섯째 마당 생의 위안

1. 사막의 무덤 위로 바람은 불어가고

36 박완서,《꼴찌에게 보내는 갈채》, 세계사, 2002.